天正の謎

鶴島昭雄

柘植書房新社

天正の謎◆目次

第一章 追放

（一）

天正九年九月末、美濃の国、土岐《とき》は実りの秋を迎えていた。

見渡す限り、黄金色の稲穂が秋風に弄られて波打ち、百舌鳥《もず》の鋭い泣き声が時折辺りの大気を引き裂く小高い丘の中腹に座り込んで、稲田の広がりを見下ろす一人の若者がいた。

先程から絶え間なく潮騒のような掛け声が山野にこだまする。その都度、赤銅色に日焼けした若者の目が険しい光を帯びる。日は既に西の空に傾き始め、吹き渡る風が晩秋の冷気を送り込んで来る。鰯雲が張り付いた空はあくまでも青く澄み、爽やかである。二十歳半ば程に見える若者の頭髪は後頭部で無造作に束ねられ、筒袖の黄ばんだ着衣には所々異色の布で継当てがしてある。若者の眉は太く、眼は切れ長で鋭く、鼻梁が逞しい精悍な風貌から強固な意志が感じ取られる。その腰には径一寸、長さ二尺五寸ばかりの樫の棒が差し込まれ、まるで太刀のように見える。

しばらくして、さりげなく稲田の広がりに目を向けていた若者が、突如勢いよく立ち上がった。頑丈な身体は優に六尺近い。若者の目が捉えたのは、畦道を急ぎ足にやって来る少女の姿だった。少女は両手に二、三本の大根をぶら下げていた。

第一章　追　放

「お民の奴、信長が狩をしとる間は足止めされとるのに――捉まったらどうするつもりじゃ！」

若者は己のことを棚に上げ、顔をしかめて吐き捨てた。

その時、小走りに行過ぎようとする少女の足元の稲穂が割れて、一人の武士がとび出した。

「あれえ！」

驚いて大根を取り落とした少女の体に、胴鎧を着けた武士の逞しい腕が絡みつき、少女を稲田の中に引きずり込んだ。

「きゃー！」

けたたましい悲鳴が響き渡り、稲穂がかき乱された。それを見た若者は飛鳥のように風を巻いて斜面を駆け下りた。

「何をする！　止めんか！」

駆け下りてくる足音と大声に驚いた武士は、思わず少女を放して立ち上がった。顔面蒼白となった少女は、転げるように若者の背後に逃れてしゃがみ込んだ。

髭面の武士は、突如現れたのが近在の村人らしいと見て冷酷な微笑を片頬に浮かべ、威気高に怒鳴り返した。

「下郎！　汝は百姓よな！　邪魔立てすると命は無いぞ、消え失せろ！　信長様の禁足令を破った罪は見逃してやる」

武士は、己の行為に対する後ろめたさと、楽しみを邪魔された怒りに顔をしかめながら腰の刀に手をかけて威嚇した。

この時代、行きずりの女人が武士の手篭めに合っても、百姓町人はとてものことに助けることは出来なかった。勇気を出して助けようとすれば斬り捨てられるのが落ちであった。

「女人を手篭めにする奴は許せん！　失せろ！」

若者は武士の威嚇を恐れるどころか、相手を睨みつけて一歩前に出た。村娘のお民は恐ろしさの余り腰が抜けたのか、じりじりと這いながら三間ほど後ろに下がったまま動くことも出来ず、全身の震えが止まらない。

「たわけ！　命が惜しくば女を置いて去ね！」

武士は顔面を朱に染めて怒鳴りつけた。

「己は犬畜生にも劣る奴——恥ずかしいと思わんのか！　貴様こそ消え失せろ！　ここは見逃してやる」

若者は昂然と怒鳴り返した。

次の瞬間、武士の腰から稲妻の速さで光芒が走り、無謀な抜き打ちの一撃が若者に浴びせられた。問答無用の暴挙である。ところが、若者は紙一重で武士の太刀をかわして跳び下がり、腰に差していた樫の棒を引き抜いた。武士の抜き打ちに勝る早業である。

その後のことを若者は覚えていない。それは一瞬の反射的な無意識の動きであった。武士の太刀が次の攻撃に出たとき、樫の棒は恐ろしい速さで秋の気を引き裂いていた。武士は棒の動きを見ることが出来なかった。

「小源太《こげんた》！　早よう逃げて！」

お民の叫び声で我に帰ったとき、武士はその足元に倒れていた。口から血を吐き、動こうともしなかった。

「お前こそ早よう去ね。俺はこやつを縛り上げてから去ぬ、ぐずぐずするな！」

小源太にせかされたお民は、ようやく我に返り大根を拾い集めて転ぶように畦道を走り去った。

若者の怒りは収まらなかった。お民を手篭めにしようとした行為が許せなかった。その上、咎められて逆上し抜き打ちに斬りつけてきた。こんな奴は柿ノ木に縛り付けて赤恥をかかせてやろうと考えた。小源太と呼ばれた若者は、わら縄を探してきて倒れたまま横たわる武士を縛り上げようとした。武士の両眼はかっと見開かれているが、まるで陶器のように冷たく凍り付いていた。

「おい！　目を覚ませ！　お前のような奴は柿ノ木に縛り付けて案山子《かかし》にしてやる」

小源太は武士の胴鎧をずらせて何度も活を入れたが、武士は何の反応も示さずその頸が不意にぐらりと異様に傾いた。

「？？？？　――おい！」

小源太は慌てて武士の顔を見直し、その胸に耳を押し付けた。

「死んだか？？？　――」

何度も武士の体を揺すってみたが、全く反応がなかった。武士の行為に対する激しい憎悪が、相手を殺してしまったかもしれない結果に動転した。棒の一撃に殺意は無かった。

唯、必死で自分を守ろうとしただけだった。

――これは大変なことになった、早く逃げなければ――と、ようやく思い決めてのろのろと立ち上がった小源太の前後に数丁の銃口が突きつけられ、火縄の焼ける匂いが鼻をついた。

「動くな！　両手を後ろに回せ！」

いつの間にか小源太は数名の鉄砲武者に囲まれ、逃げ路を塞がれていた。

（二）

この日、織田信長は鷹狩を楽しんでいた。今、織田徳川連合軍は甲斐の武田勝頼軍を攻めている。信長は長男信忠が拠る岐阜城に徳川家康を呼んで、武田攻めの軍議を開いた後、土岐の山野でひと時の鷹狩を楽しんでいた。

当然、武田方の忍びに備えて選りすぐりの手練が信長身辺の警備に当たる。その警備の中心が信忠の家臣桐野伊兵衛であり、狩場の周辺三里四方は立ち入り禁止にしてあった。桐野伊兵衛は中条流の兵法者として二百石を食み、岐阜城下の道場には百名を越える門弟がいる。この武士は剣の達人だが兎角《とかく》女人には目がなく、大酒を食らい傍若無人な振る舞いが多く、織田の家中でも評判がよくなかった。

主君の信忠が剣術指南者としてその腕前を高く評価しているのを鼻にかけ、勝手気ままな言動が多く、家臣達や城下の人々の眉をひそめさせていた。桐野伊兵衛はたまたまお民を見かけて手篭めに及ぼうとした訳である。そして——村の若者に、逆上の余りの油断から樫の棒で撲殺されてしまった。信長警護の責任者としてこれ以上の恥辱は無い。平常心を失った兵法者が変幻自在の忍びに命を取られるのと変わらない。

伊兵衛の遺骸と、縛られた小源太が信長の休息所に当てられた古寺に運び込まれた時、狩の供をしていた家臣達は突然の変事を耳にして、騒然とした雰囲気の中に叩き込まれた。兵法者である桐野伊兵衛を殺害した曲者は、武田方が放った恐るべき忍びと見做され、信長の命を狙った忍びの一隊が付近に侵入していると考えられた。狩は中止され信長は急遽古寺に引き揚げ、寺の周辺は鉄砲隊により厳重に固められた。織田の兵士達は小源太を境内の大銀杏に縛り付けた。

「余が直々取り調べる！」

本堂の濡れ縁に椅子を用意させて織田信長が小源太を睨み据えた。小源太は両眼を硬く閉じ、石像のように微動だにしない。日はかなり西に傾き、空は藍色に冷たく澄み渡って、見上げるとやや黄ばみ始めた銀杏の葉が、まるで青い湖面に撒き散らされたように美しい。中庭を埋めた家臣達はしーんと静まり返って固唾《かたず》を呑み、成り行きを見守っている。

信長の怜悧な眼差しが小源太を見据え、高い鼻梁の先端の八字髭が微かに震え、この武将の怒りが弾けそうである。

「下郎《げろう》！　予は織田信長である。その方は武田の忍びよな？」

甲高い怒声が響き渡った。

小源太は目を閉じたまま一言も発しようとはしない。

「桐野伊兵衛は中条流の使い手じゃ、その達人を叩き殺すとは恐るべき手練じゃ。唯の忍びではあるまい、名を申せ！」

こみ上げる怒りを抑えて信長が訊いた。しかし、小源太は沈黙したまま答えようとしない。名を知られれば、親兄弟も同罪として命を取られるのは必定であった。

信長が、小源太を只者でないと決め付けるのにはそれだけの理由があった。即ち、中條流は室町時代の初め中条長秀により創始された武術の流儀で、長秀から甲斐豊前守広景《ひろかげ》に伝えられ、更にその門人大橋勘解由左衛門高能《かげゆざえもんたかよし》から山崎亮昌巌に伝えられ、昌巌の死後、その弟子富田九郎左衛門長家が後見人となって昌巌の子山崎右京亮景と山崎内務丞景隆に伝えられた。その後富田流とも称されたが、宮本武蔵と戦った佐々木小次郎もその流れを汲む。迅速、鋭鋒を以って鳴るこの中条流の優れた兵法者である桐野伊兵衛を、一撃のもとに叩き殺した若者は、信長の目から見て只者ではないと断定されても当然である。

「なるほど、忍びは名乗らぬものよな。汝は仲間共々この信長の命を取りに来たものと見ゆる。

じゃがな、武田は程無う滅びようぞ、無駄なことをするものじゃ」

小源太はじっと地面に目を落として信長の目を見ようとしない。心の中で死を覚悟したが、軽率な自分の行為に対する後悔の念が頭の中で渦巻いていた。怒りに任せて手加減する余裕も冷静さも失っていた。相手の剣勢が余りにも唐突で鋭かったので、夢中で動いてしまった。今更どうにもならない事態に観念するより他仕方がない。

「下郎！　予の声が聞こえぬ筈はなかろう！　名乗らぬか！」

信長の怒りは頂点に達していたが、その一方で目の前の若者に興味を抱き始めていた。信長は常々桐野伊兵衛の悪評を耳にしている。伊兵衛ほどの兵法者を撲殺した腕前なら、織田方に取り込んでも損にはなるまい。忍びは金で転ぶと聞いている、ここは怒りを抑えて命を助け、誘い込むのも面白いと考えた。

「どうじゃ、どうせ死ぬる身なら予に仕えてみぬか？　高禄を与えようぞ」

この言葉に、小源太は初めて目を開き昂然と信長を睨み付けた。その精悍な眼光と信長の眼差しが、がっきと絡み合った。そして――小源太の口からとんでもない言葉が吐き出された。

「犬侍には仕えんわい！」

織田信長を犬侍と面罵したこの言葉に、居並ぶ家臣達は驚愕し、松籟《しょうらい》のようなざわめきが起こった。

「なに！　犬侍とな？　――身の程をわきまえぬ痴れ者が！　――お蘭！　槍を持て！」

信長の顔面に朱がさし、凶暴な眼光が小源太に放射された。森蘭丸が差し出した槍をひったくると信長は地面に飛び降りて叫んだ。

「下郎！　何故この信長が犬侍じゃ？」

信長の手は激しく震え、槍の穂先は小源太の眼前一尺に突きつけられた。

「犬侍の主は犬侍に決まっとるわい！　主が悪いから家来も悪いんじゃ！　さっさと殺せ！」

小源太は信長を睨みつけて怒鳴り返した。

「おのれ！　ようもほざいたな！　望み通り汝を地獄へ送り込んでやる！」

信長の目が残忍な光を帯びた。家臣達の面前で、一介の忍びに犬侍呼ばわりされては面目丸つぶれである。

織田信長は並みの武将ではない。西に毛利を攻め、北国では上杉景勝と対峙し、四国の長宗我部元親《ちょうそかべもとちか》を睨み、永年の宿敵甲斐の武田勝頼を追い込みながら、天下布武の旗印の下着々と天下統一への階段を上りつつある。既に京、大坂を始め畿内一円をほぼ手中に収めて安土に壮大な城を築き上げている。

「覚悟せい！　身の程わきまえぬたわけ者め！」

信長は槍先を手元に手繰り寄せて、正に小源太の胸に突き込もうとした。

その時、家臣達の後ろに控えていたこの寺の住職が転ぶように走り出て信長の面前に平伏した。

「申し上げまする、その者は忍びではございませぬ。高山村の陶工でございます」

住職は全身をわなわなと震わせて必死に声を振り絞った。

「なに！　この村の者とな？　たわけたことを申すな！　陶工ずれが伊兵衛を殺せる筈はあるまい、偽りを申すとその分には差し置かぬぞ！」

信長は槍を構えたまま怒鳴りつけた。

「偽りではござりませぬ。佐橋直正殿の長子、小源太に相違ありませぬ」

小源太は正体を暴いた住職を睨み付けた。織田家の家臣を殺害した咎は親兄弟に及ぶ。一介の忍びとして死ぬるより他に道は無かったのに——。住職の言葉を耳にした信長は、改めて小源太の顔を睨みつけると、槍を欄丸に投げ返して濡れ縁の椅子に腰を下ろした。

不可解なことに、信長の顔から激怒の色は褪せている。

「和尚、こやつは直正の長子にしかと相違なかろうな？」

信長は念を押した。

「しかと相違ござりませぬ」

住職はきっぱりと返答した。

「急ぎ直正を呼べ！」

信長は蘭丸に命じ、しげしげと小源太の顔を見直した。佐橋直正は低い身分ながら、信長の家臣であり陶匠でもある。従って、時折信長と顔を合わせている。小源太にとって最悪の事態になってしまった。これで父直正も死を免れることは出来まい。

四半刻後、佐橋直正がお民と共に駆けつけ、信長の面前に平伏した。直正は四十五歳、小柄ながら頑丈な武士である。

「直正、こやつはそちの長子小源太に相違なかろうな?」

信長の声はやや穏やかになっている。

「はは、相違ござりませぬ。此度は桐野伊兵衛様に手傷を負わせましたる由、まことに申し訳ござりませぬ」

「手傷を負うたのではない!　頸の骨を叩き折られて落命いたした」

信長の言葉に直正は驚愕し顔面蒼白となり、そのまま絶句してしまった。

「以前は兎も角、近頃は大人しゅう作陶に励んでおると聞いたが、あれは偽りか?」

直正は返す言葉も無い。

「ところで、その小娘は何者じゃ?」

直正の後ろで小さくなって這《は》い蹲《つくば》っているお民を見て信長が訊いた。

「ははっ、この村の百姓の娘で、民と申します。この娘が桐野様に手篭めにされようとした所へ小源太めが通りかかり、助けようとして争いになりました由、民から聞きましてござります」

直正の申し開きに信長は眼をむいた。

「何ということじゃ!　こりゃ娘!　直正の言うことに相違あるまいな?」

「その通りでござります。お侍様がおらを押し倒して手篭めにしようとしたところへ小源太が来てくれました。小源太は、やめるよう頼んでくれましたが、お侍がいきなり斬り付けました。悪いのはお侍です！」

お民は涙を流し、必死で訴えた。

「黙れ！　たわけ！　人の命を奪うておいて、良いも悪いもあるまい！　伊兵衛に非があろうとも織田家の家臣を殺した奴は許せぬ！」

信長は怒鳴りつけておいて、深い溜息をつき眼を閉じた。常々、戦場においても女人の手篭めを殊のほか厳しく禁じている。

次の瞬間、小源太がかっと眼を開き、大声で怒鳴りつけた。

「犬侍を叩き殺したのは俺じゃ！　ごちゃごちゃ言わんと早う突き殺せ！　そこの直正とやらも、小娘もおりゃ知らん！」

佐橋直正も家臣達も騒然となった。織田家の家臣を叩き殺し、そのうえ信長に雑言をはきつける若者は、憎悪の眼を正面に向けている。

「小源太！　止めんか！　止めるんじゃ！」

佐橋直正は必死で怒鳴り返した。

「もう良い、礼をわきまえぬ下司《げす》の戯言《たわごと》は聞き飽きた。望み通り塗炭《とたん》の苦しみを与えてからあの世へ送ってやる。追って下知あるまで身柄を直正に預け置く。もし逃がさば佐橋一族の命は無きものと心得よ！」

声高に申し渡した信長は、小源太の顔をもう一凝視してから本堂に消えた。寺の庭は既にたそがれ始めていた。

（三）

十日後、信長の断が下された。即ち、佐橋小源太は美濃、尾張から追放の上信長の指示する地に押し込めの後、次の下知を待つこと。佐橋窯は古田織部預けとし、佐橋直正とその一族、家臣達は下知あるまで謹慎とされた。一方、桐野家は取り潰しとなり、中条流は織田家より排除された。中条流に対する信長の過酷な処罰は、織田家の家臣達を驚かせた。

小源太は父直正に一言だけ「親父どの、済まん」と詫びたまま終日無言を押し通した。直正は寺から連れ帰った日、厳しく小源太の軽率な行為と主君信長に対する暴言を叱ったが、その後は不機嫌な沈黙を押し通してきた。子煩悩《こぼんのう》な母の芳乃は、武士の妻らしく気丈夫に振舞っていたが、小源太と二人きりになった時はひたすら泣きくれた。二歳違いの弟浩助は、唯おろおろするばかりで窯場に籠もりきりの日を過ごした。

小源太自身、どこに押し込められるのか、どのようにして命を奪われるのか、信長の処断を図りかねていたが、残忍な処刑は覚悟せざるを得ない。

更に五日後の夕刻、小源太の身柄引取り人が佐橋家に差し向けられる旨の通告があった。

この日、佐橋直正は家族四人でひっそりと別れの杯を酌み交わした。

「みんなにえろう迷惑をかけてしもうた」

小源太は改めて詫び言を口にした。

「もうよいわさ、お前はお民を助けたんじゃ。相手を殺さなんだらよかったんじゃが、済んだことを言うても始まらぬ」

直正の目は優しかった。暴れん坊で親を手こずらした小源太であったが、ようやくこの数年、作陶に身を入れるようになった。それが、怒りに任せた一撃で大事を引き起こしたのは残念で仕方がないが、桐野伊兵衛に斬り殺されたり、手篭めにされた人々から見れば、大変な厄払いなるかもしれないと考えると、やや気分が楽になる。

「母上、俺のことは忘れて長生きして下され」

小源太は、子煩悩な優しい母が気になって仕方が無い。母の芳乃は唯涙を流すばかりで言葉が出ない。

「それからな、此度の信長様の処断については村の衆には内密になっておる。お民の両親が、迷惑をかけたのを苦にして首を括ろうとしたのでお前は罪に問われず、近江のさる窯場に修行に出ることにしてあるでな。じっと耐え忍べば命は助けてくださるやも知れぬ」

直正は己の願望も込めて呟いた。

「しかし父上、俺はもう覚悟しておる。あの信長めは七万人もの命を奪うておる。陶工の命など虫けら同然じゃ」

「もうよい、何も言うな。ひたすら僥倖《ぎょうこう》を待つのじゃ。信長様はわしの主、わしは神仏のご加護を祈っておるでな」

直正の目にも涙があった。


翌朝、まだ夜の帳《とばり》が明けない寅の上刻（午前三時）頃、三名の僧形《そうぎょう》が佐橋窯を訪れた。僧形は周囲の目を欺くためで、何れも信長の命を受けた家臣たちである。そのうちの一人、四十年配の狐顔をした樋口勘兵衛は佐橋直正と顔見知りであった。

「おお、これは樋口殿お役目ご苦労に存じます。此度はお手数をおかけ申し上げます」

「いやいや、これも大事な仕儀でな、桐野の残党や中条流の兵法者どもが動き出しておる兆しがあるので、密かに事を運ばねばなり申さぬ。ともあれ、ご心中お察し申し上ぐる」

樋口勘兵衛はなんともばつの悪い目を直正にむけた。そして、同行の二名の武士を直正に紹介した。一人は三十歳くらいの背の高い馬面で、吉岡藤十郎と言い、もう一人は二十五歳前後で河合隼人と名乗り、やや小柄で大きな目を光らせていた。

四半刻も経たぬ間に、小源太も僧衣に着替えさせられ、四人の姿は暗闇に消えた。出立に当り、勘兵衛は直正にだけ行き先を告げた。そして、小源太に一言釘をさした。

「よいか、構えて逃ぐるでないぞ、もし逃ぐればお前の家族一同の命は無いと覚悟せい」

小源太はこの時だけかすかに頷いた。兎に角無口である。時に天正九年十月十二日であった。闇の彼方に遠ざかってゆく小源太を、母の芳乃は涙に霞む目でいつまでも見つめていた。この旅立ちが彼を戦国騒乱の渦に巻き込むことになろうとは、神ならぬ身の知る由も無かった。

「小源太、そちは一日どれだけあるけるか?」

出立して間もなく勘兵衛が訊いた。

「二十里」

小源太はぶっきらぼうに答えた。

「ほほう、まるで忍びじゃな」

三名の武士達は心の中で舌を巻いた。迎えに来る前に、この若者が獣のような野人かも知れないと聞かされていたからである。

土岐からひたすら間道伝いに街道筋を避けて歩いたので、多治見、春日井、小牧を経て清洲までの約十里を三刻もかかった。清洲は、織田信長勃興《ぼっこう》の地であり、美濃街道の要として尾張最大の町である。信長が最初の本拠とした清洲城は、五条川の西岸にあり老松《おいまつ》が枝を広げる森に囲ま

れていた。この城は、応永年間尾張の守護であった斯波義重《しばよししげ》が築いたもので、応仁の乱後その子孫斯波義康《しばよしやす》が中島郡松下村にあった国府の本拠をここに移し、城域を拡張した。天文十二年、次第に力を蓄えつつあった織田信長が、時の城主斯波義銀《しばよしかね》を放逐してこの城に入った。その後、永禄六年小牧城に移るまで、清洲城を本拠とした。更に信長は岐阜城、安土城と本拠を変えたが、清洲城は依然として東海道、北陸道を睨む織田方の重要な拠点になっている。

ここで一行は初めて表街道に出た。小源太は一言も発せず、行き先も問わなかった。これまでは、後を尾けて来る者の気配は全く無かった。網代笠《あじろがさ》を被り、錫杖《しゃくじょう》を手にした四人の僧形は清洲の表通りを歩いた。清洲の町は驚くほど人の往来が多く物売りや荷駄が行き交い、道の両側の家々は表戸を開け放ち一日の動きを始めていた。織田信長は、その所領の地子《じし》（現代の固定資産税）を免除し関所を廃し個人の商売をある程度自由にする楽市楽座の制度を設けて領地の繁栄に力を入れていた。その一方で、敵対する一向宗徒に対しては熾烈な弾圧を加え、比叡山の焼き討ちを含め七万人以上の老若男女を虐殺した。その冷酷さに織田家の重臣と言えども気の休まる暇は無かった。ひとたび信長の不興を買えば命の保証は無い。小源太が死を覚悟しなければならないのは当然であった。

「暫らくは急ごうぞ」

勘兵衛が下知して一行は町外れから間道に入り、早駆けに近い動きになった。

「ついてこれるか？」

前後を三人に囲まれた小源太に勘兵衛が訊いた。

「――」

小源太は僅かに頷いた。一言もしゃべらないこの若者は平然として歩を運ぶ。そのままの速さで甚目寺《じもくじ》、津島、と通り抜け、こんもりと茂る森に囲まれた朱塗りの神社に入った。

「急がねばならぬが、いささか腹が減った。ここで昼飯にするか」

勘兵衛が社務所の巫女に挨拶し、軒下の濡れ縁を借りた。

この社は尾張五社の一つ、津島神社という。祭神はスサノオの命で、欽明帝即位元年の創建と伝えられる。神社の森は常緑樹と落葉樹が交じり合って、緑や紅葉の配色が美しい。小鳥の鳴き声が間断なく聞こえる。河合隼人が背中の荷物から四つの包みを取り出して夫々に手渡した。母の芳乃が用意してくれた握り飯である。小魚の干物と梅干を包み込んだ握り飯はうまかった。

四人が食べ終わったとき、突然小鳥のさえずりが消えた。

「来おったな！　小源太は動くでないぞ、後ろに下がっておれ」

勘兵衛に言われて小源太はそのまま座っていた。

「尾けてきた奴らは二人だな、私が始末します」

長い顔を傾けて鳥居の方を睨みながら吉岡藤十郎が立ち上がった。その時、二人の武士が姿を現わした。いずれも四十年配の大柄な侍である。一行を追って同じ速さで追いついてきたとすれば、相当腕利きの兵法者と思われる。

「僧形とは思いついたものだな、だが、我々の眼はごまかせぬ、佐橋小源太の命を貰い受ける。それがしは中条流、金子守之介」

「同じく松峰伊織」

両者が名乗り、刀を抜き放った。

「何のことか訳が分からぬ、狼藉《ろうぜき》は許さぬ！」

錫杖を構えて藤十郎が一歩前に出た。

「我らは中条流の名誉にかけて佐橋の小倅《こせがれ》を斬る。お主等も若造一人のために命を捨てることはあるまい」

「訳が分からぬと申しておる、見当違いであろう」

藤十郎は油断無く左右に目を配った。

「問答無用！」

叫ぶなり同時に斬り込んできた。

それは相手をなめてかかった疾風のような斬撃であった。その瞬間、藤十郎の錫杖が風を切って下から上に跳ね上がり、一人の股間を打ち据え、更に横なぎにもう一人の胴を打ち払った。二人が弱いのではない、藤十郎の技が雲泥の差を見せ付けたに過ぎない。

「お騒がせしました。この者達は狼藉を働きましたので打ち据えたまで、命に別状はござらぬ」

勘兵衛が社務所の神官にことわり、一行は慌《あわただ》しく神社を後にした。

（四）

一刻半の後、四つの僧形は御在所岳の麓の菰野《こもの》村に入った。天空に突き立つ山頂近くの紅葉が美しい。山稜の切れ目から、やや西に傾いた陽光が数条の帯となって山腹を下り、岩肌に複雑な陰影を刻んでいた。時折、百舌鳥が鋭い泣き声を放ち、嘴《くちばし》の長い鳥が真っ赤に色づいた柿をついばんでいる。この辺りの秋は静かで美しい。

一行は日が西の山間に沈もうとする頃、亀山城下の布気《ふけ》村に着いた。その村はずれに、木立の林立する森を背負った大きな古刹が見えた。樋口勘兵衛が光専寺と書かれた山門の扉を三度叩くと、中から扉が開かれ若い僧が一行を招じ入れた。あらかじめ知らされていたらしい。庫裏《くり》に案内されると年老いた六十年配の僧が顔を出した。痩身ながら眼光鋭く禅の修業で鍛えられたと思われる活力に満ちていた。

「お役目ご苦労に存ずる、直ちに身体を拭いて寛がれよ」

勘兵衛と顔馴染らしい僧は、丁重な挨拶を述べてからじろりと小源太に目を移した。

「兎も角、咎人《とがにん》を奥の部屋に」

と言って立ち上がった。勘兵衛が小源太を連れて僧の後に従った。案内された奥の間には真新しい格子がはめ込まれた座敷牢が用意してあった。

「小源太、今宵はここに泊まり明日早朝出立する。行き先は近江じゃ」

初めて勘兵衛が行き先を告げた。小源太は〝やはり安土城か、――そこで処刑するつもりだな〟と心の中で納得した。

「大人しくしておれ、このお方は当寺のご住職、示現坊殿じゃ」

勘兵衛は、小源太が座敷牢に入ったのを見届けてから一言告げて出て行った。

「このような所に押し込めとうはないが、逃がすわけには参らぬ。辛抱せい」

示現坊に言われた小源太は、相手を睨みつけてからそっぽを向いた。牢と言ってもその部屋には火桶も置いてあり、体を拭く湯桶や布団も置いてあった。

たっぷりと盛られた飯、干魚、味噌汁、青菜の煮付けが夕食として運ばれたが、湧き上がる後悔の思いが食欲を奪い、半分は食べ残した。今は酒が飲みたかったがそのようなことは叶う筈も無かった。

晩秋の夜は長い。どこからか途切れがちなこおろぎの音が響いてくる。おそらくこの禅寺は信長の隠し砦の一つだろう。食事を運び、後かたづけに来た若い僧は一言も言葉を発しなかった。天井や柱は黒光りして歳月の経過の長さを醸し出しているが、真新しい格子はこの部屋の雰囲気に全くそぐわない。自分がこの寺を去ればすぐ取り壊されるに違いないと小源太は思った。

半刻ほど経った頃、示現坊が若い僧二人に何やら持たせて部屋に入ってきた。見ると、二個の酒徳利とぐい飲み杯と皿に盛り上げた焼きするめだった。僧達が出てゆくと、示現坊は一組を格子の中に差し入れた。

「食事が進まなんだようじゃな。何を仕出かしたのか知らんが、くよくよ思い悩んでも仕方があるまい。愚僧は何も訊かぬ故しばらく生臭坊主と酒でも付き合え。勘兵衛殿にはことわってある」

そう言って示現坊は格子の前に胡坐《あぐら》を組んだ。この僧は小源太の出自や仕出かした事の全てを承知しているはずである。小源太は黙って頭を下げた。秋の夜更けに出された酒はありがたかった。

「誰にでも若気の過ちはあるものじゃが、拙僧も若い頃は酒井予之介と申して、亀山の小天狗と言われるほど腕の立つ若侍じゃった。それを鼻にかけて暴れ回り、しまいには出奔して野伏せりの仲間に入って仕舞うた」

するめを噛み酒を飲みながら、示現坊は独り言のようにしゃべり続けた。小源太も酒を飲み、するめを口に入れた。辛口の酒は心地よく腹にしみこみ、するめは磯の香りを口中にみなぎらせた。

「拙僧はな、お主を見ていると昔の己を思い出す。返事は要らぬゆえ暫らく愚僧の独り言を聴いて貰いたいのじゃ、酒の肴にはなるまいが」

「どうせ死ぬる身じゃ、話を聞こう」

ぶっきらぼうに小源太が応えた。

「死に急いではならん、誰しも死ぬるまでの命を抱えておる。拙僧はな、若いお主に己のしてきたことを話しとうなった。諦めるでないぞ、若いということは考えも浅うてしくじりもあろうが、決められた枠の中を進みとうない反骨心もある。縛り付けているものを切り離したい思いもある。お主はこの先どのような責めに会うかも知らぬが、じっと耐え忍べば道が開けることもある」

「──」

目を伏せた小源太はこの老僧に妙な親しみを感じ始めていた。酒が心身を緩ませて何となくこの若者を和ませるようだ。

「あれはもう三十五年も前になるが、わしには二人の野伏せり仲間がおってな、一人は木から木へ猿のように飛び回る伊賀忍者くずれの男で、むささびの源三という奴じゃった。蟹の甲羅のような平べったい顔をした反っ歯の男じゃが、こやつが一番強かった」

「──」

「もう一人は賢了というてな、寺に生まれながら甲賀忍者の仲間に入っておったそうな」

「──」

「三人とも十六歳くらいじゃった。裕福そうな商人や武士を襲うて金品を奪い、酒と女に遣うた。あれは春先の月夜の晩であったが、尾張の猿投山《さなげやま》近くの湯治場を襲うたときじゃった」

示現坊は酒を喉に落として、遠くを見るような目つきになった。

「三十歳くらいの小柄な侍に、三人とも棒切れで足腰が立たぬほど叩きのめされた。まるで子供扱いじゃった」

この言葉に、小源太の胸が熱くなった。自分に剣を教えてくれた塚原彦八も猿投山近くの山中に隠棲し、出歩くときは常に樫の棒を手放さなかったからである。年齢的にもその侍が自分の師であったかも知れない。

「その武士の名は？」

思わず訊いてしまった。

「名は訊かなんだが、なんぞ心当たりでもあるのか？」

「いや、別にない」

「その侍はな、〝お前ら今に命を落とすことになるぞ、世の中にはお前らより腕の立つ奴は捨てるほどおる、野伏せりの真似事など今日限りでやめろ〟と諭して立ち去ったのじゃ」

「――」

「それっきりわし等は分かれて仕舞うた。わしは国許に帰ったが、直ぐこの寺に放り込まれた」

「後の二人は？」

話に釣り込まれて小源太が訊いた。

「分からぬ――。そのまま野伏せりを続けて命を落としたか、それとも家に帰ったか、あれは僅か一年足らずの破天荒な日々であったが、妙に懐かしゅうてな、年を重ねるにつれて会いたいと思うことしきりじゃ」

示現坊の話に出てきた侍が果たして師の塚原彦八か否かは分からない。唯、何となくそんな気がした。示現坊がしみじみ述懐したのは、自分が出奔した動機だった。彼は身分の低い武家の家に生まれて、上司の命に無条件に服す父の卑屈さが嫌になった。将来、父の跡目を継げば、同じ境遇に甘んじねばならないであろう自分に絶望した。野伏せり仲間の賢了は、本山に阿《おもね》る和尚の哀れさに愛想をつかしたそうだ。又、むささびの源造は権力によって虫けらのように命を粗末にされる下忍から抜け出したかったということだった。

「ま、若気の至りは誰にでもある。これからは穏やかな気持ちを持つことじゃ」

酒も話も心地よかった。示現坊はその後とりとめもない世間話をした。いつの間にか二本の徳利は空になり、夜が更けていた。

「明朝は寅の下刻に出立と聞いておる。朝餉《あさげ》はかぶと坂の茶店で摂るそうな。では、ゆるりと眠るがよい。とんだ邪魔をしたが、道中気を付けてな」

示現坊は野伏せりの頃の自分の話をしたが、小源太が仕出かしたことについては一切口にしなかった。酒が体を暖め、小源太は久し振りで心地よい眠りに入ることが出来た。

翌朝、深い霧が布気村を包み込んだ。四つの僧形は未だ日の昇らぬ白濁の霧の中を示現坊に見送られて出立した。半刻も歩かないうちに道は次第に狭くなり、上り坂が続いて山道に変わった。霧が晴れると正面真近に無数の岩塊を抱いた鈴鹿の山並みが迫り、ようやく明け初めようとする天空一杯に立ちはだかった。

「これがかぶと坂じゃ」

河合隼人が小源太に説明した。侍達はこの辺りの地理に詳しい様子だが、おそらく間道伝いに安土に向かうのだろうと小源太は考えていた。そこが自分の命の終着点になる。坂はかなり急な上りになったが、一行の歩調はいささかも変わらない。小源太を挟んで縦一列の登坂が続いた。道の左側は崖となって深く落ち込み、白い巨岩が折り重なる谷底に清冽な水の流れが見え隠れする。

やがて坂道は次第に平坦になり、登りきったところに一軒の茶店が見えた。日が昇ったばかりの刻限に、もう板屋根の煙ぬきは微かな紫煙を吐き出している。軒先に〝こがねや〟と書かれた板切れがぶら下がり、表戸はまだ閉まったままである。その戸を勘兵衛が軽く三度叩くと、それが合図なのか戸は静かに引き開けられ、五十歳くらいの女が一行を招き入れた。

これは只の茶店ではないようだ。この峠は伊賀、近江、大和、伊勢、京、大坂、尾張を結ぶ要になる。織田信長の目は至る所に設けられている。日が高く昇れば行き交う人の数は多くなるだろう。狭い店の中には板を打ち付けただけの飯台が二つ、椅子が六脚並べてあった。板戸の奥にはもう一つ部屋があるらしい。

味噌汁の香がぷーんと鼻をついて小源太の腹が音を立てそうになった。先ほどの女が菜飯、わかめ入りの味噌汁、茄子《なす》の漬物を飯台に並べた。一切無言である。菜飯は青菜と塩だけの具だったが、早朝から歩き続けの一行にとって馳走であった。四人が朝餉を食べ終わったとき、裏口から眼光鋭い大柄な男が入ってきた。筒袖の上着に股引き姿はこの店の主と思われるが、身のこなしは明らかに武士である。年齢は六十歳近い。男は小声で何事かを勘兵衛に告げ、それを聞いた勘兵衛は異様に目を光らせて河合隼人と吉岡藤十郎にすばやく耳打ちし、大きく頷いた。店の中に緊張が走った。

「小源太、この先十丁余りのところに追っ手らしき者が数名潜んでおる。その中に厄介な兵法者が一人混じっておる。こやつは中条流きっての猛者でな、これまで百人余の武士を斬り捨てた奴じゃ。我らは追っ手を始末するが、一緒に出ては危険じゃ。お主はわしらが出てから五百数えて後出立せい。逃げるでないぞ、もし我らが落命した時は信楽《しがらき》の河合窯へ行け」

樋口勘兵衛は釘を刺し、小源太は黙って頷いた。初めて具体的な行き先が告げられたことになる。いつの間にか店の主も僧衣に着替え網代笠を頭に載せて奥の部屋から出てきた。彼らはとんでもない強敵の出現に、死を覚悟しているのかも知れない。咎人一人のために織田信長の命令とあれば命を賭けるのか――？

小源太には武士の生き様は到底理解できない。それにしても、全ては己の軽挙から出たことと考えれば、いささか心が痛む。

四人が店を出た行った後、店の女が〝厄介なことじゃな〟、と呟くのを聞いて気が重くなった。いっそのこと直ぐにでも走り出て一行の後を追い、恐ろしい兵法者に斬られてしまいたい衝動に駆られそうになった。どうせ信長に取られる命なら、そうするほうが彼らを助ける結果になるかもしれない。一瞬そんなことを考えた小源太の耳に、〝五百数えたでな〟と言う女の声が聞こえた。

まだ人っ子一人通らない峠道を小源太は風のように歩き出した。一丁も行かぬうちに、道端の庚申塚の蔭から大柄な髭面の侍がうっそりと立ち上がった。強烈な殺気を感じて小源太は思わず立ち止まった。

「佐橋窯の子倅よな？　拙者の目をごまかそうとしても、そうはいかぬぞ！　この寺島幸四郎が中条流の面目にかけても貴様を斬る。覚悟せい！」

小源太は右手に錫杖を握り締めたまま一間ほど後ろに跳び下がった。相手の刀の鞘が異様に長いのを見て取ったからである。

「桐野伊兵衛ほどの猛者を叩き殺す腕の持ち主ならば、堂々と立ち会え！　じゃが、拙者には勝てまい。三途の川を渡る前に流派を名乗れ！」

寺島幸四郎は刀の柄に手をかけ、間合いを詰めながら迫って来た。

「流派など無い」

小源太が初めて声を出した。

「おのれ、無礼な！」

言うや否や流星のような光芒が寺島幸四郎の腰間から飛び出した。それは桐野伊兵衛とは比べ物にならない速さと鋭さの抜き打ちだった。小源太は紙一重でその太刀をかわし、錫杖をやや斜めに構えた。師の塚原彦八は九年間に亘りみっちりと鹿島神当流の剣法を小源太に叩き込んだ。

戦う相手は常に猿、狼、猪、大鹿だった。獣は素早く間合いから逃げ、容赦なく間合いに入って来る。しかも目標は人より小さい。小源太の身体にはこれらの獣に付けられた傷跡が無数にある。それでも九年経った頃には獣にも師の彦八にも遅れを取ることは無くなっていた。

小源太が人と戦ったのは桐野伊兵衛が初めてであった。相手は小源太をなめてかかったので勝てたのかも知れない。今、眼前にいる相手はその手練の技を全て傾注し、寸分の隙も無い。とても逃げ切れる敵ではないと直感した小源太の頭の中は真っ白になった。寺島幸四郎は不気味な笑みを浮かべながら太刀を上段に構え、いきなり正面から斬り込んできた。小源太は反射的に辛うじてこの太刀をかわしたが、次の瞬間、幸四郎はその太刀を手元に引かず、水平に胴を払って来た。全く予測出来ない太刀捌きだった。かろうじて一間も後ろに跳び下がり、この太刀を避けたが衣の袖を引き裂かれた。

〝斬られる――〟小源太の全身から冷や汗が噴出した。

一方、寺島幸四郎は間合いから跳び下がって逃げる相手に驚愕していた。全ての相手をこの斬り込みによって倒してきたが、目の前の若者は苦も無く自分の太刀をかわしているように見えた。幸四郎は間髪をおかず鋭い突きを繰り出した。これは相手の反撃を誘う一撃に過ぎなかった。当然、若者は跳び下がって避けると読んでいた。

しかし、小源太は捨て身の攻撃に出た。いきなり身をひねると錫杖を幸四郎に向かって投げ付けた。次の瞬間、意表を衝かれて長刀で錫杖を跳ね上げようとした兵法者に、この若者はいきなり組み付き、四十を過ぎた相手の体を腰に乗せて後方に投げ飛ばした。動転した幸四郎は、流石に空中で一回転して着地したつもりだったが、そこに地面は無く弧を描いて崖下に落ちてしまった。死を覚悟した捨身の奇襲によって相手を転ばし、その隙に逃げようとした。相手が崖下に落ちることなど考えても見なかった。

「あっ！」

この瞬間、小源太は我に帰り、思いもかけない結末に驚いた。慌てて谷底を覗いてみたが、数丈の崖は木々の重なりで谷底は見えず、岩を咬む水音だけが辺りにこだまするだけだった。これでは到底助かる見込みは無さそうである。

その時、小源太が現れないので異常を察知した樋口勘兵衛らが息せき切って駆け戻って来た。

「小源太！　大事無いか？」

「――」

「何者に襲われた？」

「寺島幸四郎という奴――」

「なに！　――やはりそうか！　――で、そ奴は？」

「崖下に落ちた」

小源太の言葉に勘兵衛たちは息を呑んだ。人斬り幸四郎と言われる最も恐るべき兵法者を谷底に叩き落した小源太の強さに内心舌を巻いた。

第二章　信楽の砦

（一）

日が沈もうとする頃、一行は間道伝いにゆっくりと時間をかけて信楽の河合窯に着いた。

土岐からは一日で歩ける道程を二日かけての用心深い移動だったが、二度も襲撃を受けた。かぶと坂では待ち伏せていた五名を斬り、寺島幸四郎は小源太に排除された。兎に角無事に咎人を信楽に届けることが出来、勘兵衛らは胸を撫で下ろした。

河合窯は、今を去る三年前に開かれたばかりで、周囲には他の窯元も民家も無い。杉と檜の森林の中の広大な領域は三千坪に及び、高塀に囲まれている。ここは織田信長の隠し砦である。

木《こ》の間《ま》隠《がく》れの裏門から入ると、向かって右手に三基の穴窯《あながま》が並び、窯に隣接して作業場と陶工の居間が設けられている。母屋は裏門に近く、その横に道場があり、広い中庭に武器倉と厩舎が並ぶ。表門に近い場所には俵入りの陶土や古い壷が雑然と置いてある。表から見れば只の窯元にしか見えない。

河合窯には一名の陶工と八人の武士が居る。主の河合忠邦は禄高五百石で織田信長に仕える家臣だが、実録は八百石を越え、信長の探索方として安土にも屋敷を与えられ、十四名の家臣が詰めている。河合窯の武士達は普段は作陶をし、陶工として村人に接するよう訓練されている。彼等は剣の腕に長けた武士であり、信長の下知で動く時は夜間なら侍姿で馬を駆るが、昼間なら陶工の出で立ちで馬を引き、三里ばかり西方の採土場で武装して馬を走らせる。

この窯場には茂助という只一人の陶工が居て、武士達に作陶を教えている。まだ二十二歳のこの男だけは武士ではない。近くの奥田窯から回された生え抜きの陶工である。小源太は、到着後四半刻ばかり控えの間で待たされた後、樋口勘兵衛に導かれて奥庭に連れて行かれた。

「これからこの家の主、河合忠邦様に引き合わせる。神妙にするのじゃぞ」

勘兵衛は、筵《むしろ》の上に正座させられた小源太に申し渡した。

やがて、白髪長身の老人が姿を現した。六十歳を少し超えて見える河合忠邦は、彫りの深い顔に眼光鋭い目を光らせ、高い鼻梁の下に八字髭を蓄えている。一文字に結ばれた分厚い唇は、おそろしく精悍な印象を与える。

「佐橋小源太にござりまする」

樋口勘兵衛が言上した。

「道中無事で何よりじゃ、私が信長さまの命によりその方を預かる河合忠邦じゃ。見知り置けい」

忠邦は小源太の顔をしげしげと見下ろして告げた。その声は思いの外やさしかった。この人は信楽に至る道中での出来事の全てを聞き知っているはずである。

「なるほど、――気骨のありそうな面構えじゃのう。その方は本日只今よりこの窯場に閉じ込めの身となる。大人しゅう勤めれば信長様にもお慈悲はあろう。晴れて土岐に帰るのも夢ではあるまい、分かったな！」

忠邦は諭すように申し渡した。

「ごちゃごちゃ言わずに早う殺せ！　面倒くさいことはかなわん！」

小源太は忠邦を睨み返して吠えた。

「いずれ信長様から下知があろう、それまでは大人しゅうしておれ。死に急ぐことは無かろう」

忠邦は、内心この若者の気迫に驚いた。

「水牢にでも土牢にでも放り込め！　どうせ捨てる命じゃ、どうでもええわい！」

「そうか、じゃがな、ここには牢屋は無い。この窯場の塀の内に閉じ込めじゃ。道場と母屋の他ならどこに行っても構わぬ。退屈なら作陶でもするがよい。その代わり、塀の外に出れば、佐橋家一統の命は無いと思え」

「――」

「陶工の茂助がその方の面倒を見る。但し、その方がここに押し込められた訳を存じておるのは、樋口勘兵衛以下三名と私だけじゃ。他の者には土岐から修行に来た陶工と申してある。左様心得よ」

河合忠邦は勘兵衛に命じて陶工の茂助を庭に呼びつけた。茂助は丸い顔に丸い鼻と眠そうな細い目を付けた人のよさそうな小柄な若者である。

「茂助、この者は美濃の土岐から来た新入りの陶工でな、名は佐橋小源太と申す。かねてから申し聞かせた通り面倒を見てやれ」

「へい、分かりました」

茂助は平伏して頭を下げながら横目で小源太の方をそれとなく伺っている。大柄で鋭い目つきの若者は茂助にとって異様に感じられるらしい。

「では、後のことは打ち合わせ通り処置するように」

忠邦は勘兵衛に命じて席を立った。その後、湯殿で汗を落とし作務衣に着替えさせられた小源太は、勘兵衛に連れられて茂助と共に作業場に入った。

「右が作業場で左の一番奥がその方の部屋じゃ。手前が茂助の部屋で真ん中の板の間が食事を摂る部屋になっておる。後は茂助が説明するが、何か申したいことがあればそれがしが聞こうぞ」

それだけ言って勘兵衛は母屋に戻って行った。小源太には自分に対するこの砦の扱いは全く理解出来ない。おそらくは、程なく処刑される罪人に与えられる束の間の情けと考えるべきかも知れない。それならば、成り行きに任せて時を過ごすより他に致し方は無かろう、と小源太は腹を括った。

「わいは茂助や、お互いに他人行儀な言葉は使わんとこ。わいらは武士やないのやからその方が気楽でええやろ」

いきなり聞きなれない言葉が飛び出し、小源太にはそれが河内弁とは分からないが、ざっくばらんで好感がもてた。茂助は小源太を四畳半の板の間に案内した。その部屋の中央には囲炉裏が切ってあり、既に火が入っていた。晩秋の信楽は日が落ちると底冷えがする。囲炉裏のそばには夕食が並べてあった。

「もう暗うなったよって、作業場は明日見せたる。腹が減ったやろ、飯にしょうか」

「――」

小源太は空腹を忘れていた。これからどのような日々が待ち受けているのか図りようも無い。おそらくは、安土で処刑されるまで茂助と共に過ごすことになるだろう。

「わいは河内の壺井村の生まれや。六人兄弟の末っ子でな、どん底の貧乏百姓やさかい口減らしで大坂の陶器問屋へ奉公に出されたんやが、一年も経たん内に信楽から来た商人に連れられてここの奥田窯に入った。それから三年前にこの窯場へ来たんや」

「――」

「小源太と言うたな、お前何か気に入らんことがあるのんか？　さっきから黙っとるけど」

「茂助、お前、侍をどう思う？」

「侍は好かん、威張りくさる。ここのお侍さんはええ人やけどな」

「そうか、俺は侍と喋らんことにしとる。侍は世の中の鬼じゃ」

「へえ！　えろう侍を嫌うとるんやな、なんでや？」

「そのうち話してやる、兎に角嫌いじゃ」

「お前とは気が合いそうやな、ところで酒は好きか？」

「好きじゃ」

「そら良かった、信楽の地酒は辛口でうまいで」

二人は囲炉裏を囲んで向き合い、酒を飲み始めた。この時代、酒は高価で町屋の人や百姓にとっては貴重品だった。特に百姓は酒どころか自分が収穫した米の大半を年貢や田租に取り上げられ、戦になれば、雑兵として駆り出された。まさに踏んだり蹴ったりの酷い目に合う。

「今夜はな、お前の歓迎でこの酒を付けてくれはったんや。他にも俺の酒があるんや。はずれ物（傷物）の陶器を問屋へ売った銭で買うんや」

「そんなことしても構わんのか？」

「構わん、ちゃーんと隼人様の許しを貰うたる」

「隼人は主の息子か？」

「そうや、剣の腕はたつし、なかよう出来たお人や。けど、妹の小百合はんはちょっといかんな」

「――」

「べっぴんさんやけど、まるで男や。女だてらに剣を習うたはる。剣というたらな、勘兵衛はんが一番や。それから吉岡はん、隼人はんの順番やろ。五人の若いお武家はんもそこそこ強いやろな。けど、小百合はんは五人のお人より強いちゅうことや。それでな、男を小ばかにしたはるんや。俺やお前のような陶工は男以下と思うたはる。小百合はんに何を言われても逆ろうたらあかんでえ」

茂助は色々説明してくれた。二人は秋茄子の田楽、小芋の煮っ転がし、大根の千切り、田螺《たにし》の醤油煮を口にしながら飲んだ。

「武士と女人は苦手じゃ」

ぼそり、と小源太が呟いた。普段は無口だが、相手が武士でなければ普通に喋る。武士は何も作り出さない。やたら威張りちらし、弱者をいたぶり、時には命まで奪う。小源太に言わせればこの世に全く無用な存在である。酒が進むにつれ、茂助は益々雄弁になり、大いにはしゃいでいた。

小源太は茂助がうらやましかった。この男の前途は至って平穏である。日々の作陶に励んでさえいれば、何の苦しみも無い。明日から小源太がずうっと一緒に作陶を続けると信じて疑わない。

「修行に来たのは信長様の下知やちゅうことやが、ほんまか?」

「ああ――けど、信長の言いなりにはなりとうない」

「――」

「俺はな、ここには余り長い間居らんと思う。そのうち安土へ行くことになる。それまではお前と一緒に過ごすことになるが、気が向くまでは何もせん。のんびりするつもりだ」

小源太の言葉に、茂助は眼をむいた。

「何やて! 折角手伝うて貰おう思うとったのに、勘兵衛はんが言うとった通りお前はえろう

河合忠邦
樋口勘兵衛
吉岡藤十郎
河合隼人
茂助
小百合

変わっとる。ま、しゃあない、無理は言うな言われとるんでのんびりしてたらええ。一人より二人のほうが賑やかやからな」

小源太は、突き放したような自分の言葉に多少後ろめたさを覚えた。人の良さそうな茂助が気の毒になった。

「何ぞ急ぎの仕事でもあるのか？」

「お前に言うてもしゃあないけど、鷲《わし》の土鈴を二千個作らんならん。それも、師走の二十日までにや」

「誰の注文や？」

「京の紅梅屋からの注文や、ここの焼物はあらかた紅梅屋を窓口にして売り捌かれるんや」

「そんな土鈴、一体何に使うのだ？　色んな土鈴がどの神社にも置いてあるが？」

茂助の話によれば――。

この春以来、若狭の国では小さい地震が毎月のように起こっている。別に家が倒れたり、人が傷ついたりするような地震ではないが、村の古老達の話によれば、若狭では五百年ほど昔、大地震が起こり国中の家々の殆どが倒壊し、その上、十丈（約三十米）を超える大津波が襲来して、海岸から十里も奥まで津波が這い上がり、宮津から敦賀に至る村々でおよそ一万人の人が死んだ言い伝えがあるらしい。その大地震は凡そ五百年各に起こり、その二、三年前から小さな地震が続くという。

古来、地震を起こすのは、何千何万匹の大鯰が川や池、湖や海の底、地下などにはびこって暴れるのが原因と言い伝えられている。古老達の話を聴いた若狭随一の廻船問屋である若宮屋伝衛門は、私財を投じて鯰の退散と鎮圧に乗り出すことになった。

鯰の天敵は土中や水中には居らず、空から襲う鷲とされている。そこで、大きく口を開き翼を広げた鷲の土鈴を焼き上げ、村長や地頭の家々、神社仏閣、漁船に取り付けて鯰を脅し鎮めようと考えたわけである。土鈴は、石清水八幡宮に運ばれて祈祷を受けた後、若狭に運ばれることになっている。

「えろう儲かる仕事だな」

小源太は茂助の話に興味を覚えて膝を乗り出した。

「儲けは無いらしい、村人を助けるためやから、この河合窯も紅梅屋も利は乗せとらんちゅうこっちゃ」

「なるほど、けど、こんな仕事にこそ信長は金を出すべきだな。国取りに現を抜かして貧しい人々のことを考えもせん武士や大名は穀潰しだ」

「お前はえろう信長様を嫌うとるらしいが、実はな、信長様から銀五百貫出とるんや」

「へええ――信長が金を出すとは考えられんな」

七万人に及ぶ老若男女を虐殺し、町屋の人々から恐れられる信長が若狭の土鈴作りを援助するとは到底考えられない。

「はっきりしたことは知らんが、先だって、信長様が北国攻めで朝倉勢に敗れはって、越前から京まで命懸けで逃げはった時にな、若狭の村人達が松明で道を照らしたり、握り飯を出したり、傷ついた織田家の家臣たちの手当てをしはったらしい。その恩返しちゅうことやろ」

「――」

思いがけない話に、小源太は沈黙した。

「何時までここに居れるか分からんが、そんな仕事なら手伝おう。村々のためだからな」

「そうか、助かる！　やっぱりお前はええ奴や！」

よほど嬉しいのか、茂助は小源太の手を力一杯握り締めた。

小源太は考え込んだ。ひょっとすると、この仕事を手伝わせるために自分を河合窯に閉じ込めたのかも知れない。とすれば、土鈴が二千個出来上がった時点で自分は殺されることになる。どうせ取られる命なら、若狭の人々のためになる仕事をしてからでも悔いは無い。小源太はそう考えると気が楽になった。

この夜、初対面の二人は丑満刻《うしみつどき》までしたたかに飲んだ。小源太は酒が強いが茂助のほうが強かった。そのまま酔いつぶれて囲炉裏端で寝てしまった。

翌朝、未だ暗い刻限に茂助と小源太は作業場に入った。黒々と並ぶ三基の穴窯が奥に見え、二百坪もあるかと思われる作業場は、積み上げられた夥しい陶板、整然と並べられたツク、大小数基のろくろ、様々な型板などで溢れるばかりで、その前に巾五尺、長さ十尺もある作陶台が四台並んでいる。佐橋窯とは比べ物にならない広さである。

なかでも一際目を引くのは、鷲をかたどった無数の土鈴であった。大きく口を開き羽を広げた猛禽の大きさは優に六寸を超える。釉を施して出来上がった物は百個に満たない。大半は雄雌のかたどりをしただけの物で、鷲の体内に入れる土球だけが素焼きされて大きな駕籠に盛り上げてある。

「これからが大変や、かたどりした腹に土球を入れて首と羽のついた奴を合わせて形を仕上げ、素焼きにする。三日後に取り出して釉を塗って本焼きや。辛うてかなわん」

茂助が深い溜息を吐き出した。

「なるほど、大変な仕事だな。若い侍も手伝うのか？」

「ここに居られる間は手伝うてくれはるけど、織田の探索方やから、どこやらへ出かけはることが多いんで、当てには出来ん」

「そうか、何とかせんといかんな。俺とお前で二つの流れを作ろう。例えば、俺が型板に油を塗る、お前がそれに土を押し込む。その流れが一段落すれば、俺が型から取り出し、お前が型を洗う。最後に二人で土球を入れ、腹と背中を合わせて仕上げる。という風にな――」

小源太は、信長に押し込められている自分を忘れたかのようにまくし立てた。もし、この作業をさせるために自分を信楽に押し込めたとしても、意に介さないことにした。町屋の人々のためになるなら満足であった。それを仕上げて後命を取られても悔いはない。

「おおきに、おおきに、やっぱりお前もいっちょうまえの陶工やで。ほなら、朝飯の後で段取り決めよか」

茂助は細い目を精一杯広げて大きく頷いた。

「そうや、朝餉が済んだら勘兵衛はんが来はる。お前をこの窯場の人々に紹介する言うたはった。半刻くらいで終わるやろ」

「面倒くさいな、侍なんかどうでもええ、関わりの無い連中だからな」

「ま、顔つなぎだけや。今日は由岐伊織はんと市場健之助はん、それに栗田三郎はんが居はるけど、他の若いお侍二人は留守や。栗田はんは、三十歳を超えたはるけど、気いつけなあかんで」

「どうして？」

「わいはいっぺん道場へ連れ込まれて、剣を教えたる言うて、目茶苦茶叩きのめされたんや。道場に近づいたらあかんで」

「近づけ言われてもご免こうむる」

小源太は苦々しそうに吐き捨てた。

四半刻ほど経った頃、樋口勘兵衛が作業場に姿を見せた。

「昨夜はよう眠れたか？」

勘兵衛は心配そうに訊いた。

「眠れた――」

ぶっきらぼうに小源太は小声で答えた。

「それは良かった。これから窯場の者達に顔つなぎをするからついて参れ。先ず賄い場の女人三人じゃ。日々の食事を作ってくれるでな。それから道場へ行く」

勘兵衛は柔和な微笑を顔に浮かべて小源太を招きながら言った。賄い場の女人たちは五十歳前後の大人しい人々で、勘兵衛の説明によれば何れも織田の足軽たちの妻であり、夫を戦で亡くした後、安土から信楽の砦に連れて来られたとのことである。しかし、三人とも明るい笑顔で小源太に挨拶してくれた。

「女人たちは信楽に来て三年になるが、ここが気に入っているようじゃ。主を失った悲しみも過ぎた昔になった。今でも織田家の誇りを忘れてはおらん」

勘兵衛の話を聞いて小源太は憮然として天を仰いだ。

「連れ合いや肉親を失うた悲しみは死ぬるまで消えぬわ、何が織田家の誇りじゃ」と言い返したかったが、この言葉は心の中にしまいこんだ。

その後、道場で汗をかいていた三人の侍と河合隼人の妹小百合に引き合わされた。二十二、三歳の由岐伊織と市場健之助は「作陶を教えてくれよ」と笑顔で挨拶してくれたが、三十過ぎと見える栗田三郎は、薄い眉毛の下の切れ長の目で睨みつけるように小源太を凝視して軽く頭を傾けただけだった。

小百合は、目元が兄の隼人に似た整った美形だが浅黒い顔の野性的な女人で、男勝りの両肩を聳え立てるようにして言い放った。

「陶工ずれがわざわざ挨拶かい、大きな図体じゃな、うどの大木で知恵も回り難かろう」

その言葉が終わる前に、小源太は風のように踵を返していた。

勘兵衛と別れて作業場に戻ると、茂助が目を輝かせて訊いて来た。

「小百合様にも会うたか？」

「ああ、会うた」

「なんか言われたやろ？」

「別に、——何故そのようなこと訊く？　俺は女人に関わらんと言うたじゃろう」

「そいで、他の人にも顔つなぎでけたんか？」

「ああ、終わった。ところで、土鈴のことだが、素焼きした後、釉をかけて二度焼きするのは注文主の指図か？」

話をはぐらかして小源太が全く別のことを訊いた。

「何の話や？　二度焼きはわいが勝手に考えたことやけど——」

「そうか、いや、二度焼きした鷲は申し分ない出来だが、素焼きも申し分ない。考えてみたが、二度焼きしていては、何人かかっても師走半ばまでには二千個作れんと思う。いっそのこと全部素焼きに仕上げるだけなら話は別だが」

小源太の意見を聞いた茂助の顔がぱっと明るくなった。

「そうか！　お前もそう思うか！　よかった、よかった。実はな、師走半ばまでに二千個仕上げるのんはどないしても無理やと隼人様に相談するつもりやったんや。お前もそう思うんなら問題ない。よっしゃ、素焼き仕上げにしよう、隼人様にそれで許しをもらえばええ」

どうやら、茂助は師走半ばの仕上げについて悩んでいたようである。とかく、町屋の人間は侍に対して自説を説くことの結果を恐れる。下手をすれば、不興を買いかねない。


信楽に押し込められた翌日から、小源太は茂助と共に土鈴の作陶に没頭した。どうせ信長に消される命なら、少しでも町屋の人々の役にたちたいと考えている。鯰が暴れて地震を起こすというのは迷信かも知れないが、土鈴が人々の心をやすめるなら無駄ではないと思っている。由岐伊織と市場健之助も時折作業場に入る。おそらく樋口勘兵衛の指図によるのだろう。

勘兵衛は二日に一度は小源太の様子を見に来るが、二人の間には殆ど会話らしいやり取りは無い。勘兵衛は土鈴のことには一切触れようとしない。小源太も訊かない。しかし、小源太に向けられる彼の眼差しは優しかった。そんな或る日、突然小百合が作業場に姿を見せた。

「小源太、酒樽を道場まで運んでおくれよ」

小百合の命令口調に小源太は眠そうな目を向けてぶっきらぼうに断った。

「道場に入ることは出来ん」

「明日は道場開き三周年の祝いがあって河合家の全員が揃って宴が催される。勘兵衛にことわってあるのじゃ。ごたごた言わずに運ぶのじゃ」

勘兵衛が承知していると知れば断るわけにはいかない。小源太は膝の土埃を払って小百合について行った。この日、河合忠邦をはじめ樋口勘兵衛、河合隼人、吉岡藤十郎等は安土に行き、夕刻前に信楽へ帰ってくる予定になっていた。その留守を狙って栗田三郎と小百合が悪巧みを考えたわけである。

小源太は重い四斗樽を軽々と肩に乗せて道場の入り口で下ろそうとした。

「あっ、道場の奥まで持って行って」

慌てて小百合が指図した。

道場には、安土から来た十数人の河合家郎党が準備のため詰めていた。勿論、由岐伊織も市場健之助もいた。八十畳は優に超える道場の奥へ酒樽を下ろし、外に出ようとする小源太の前に木刀を手にした大柄な栗田三郎が立ちはだかった。

「小源太、丁度良い折だ、一手教えてやろうぞ」

そう言って栗田は小源太の足元にもう一本の木刀を投げ出して、切れ長の目で睨みつけた。

「結構じゃ、陶工に剣は無用じゃ」

小源太は栗田を睨み返してぶっきらぼうに吐き捨てた。

「何を言うか！　大きな図体をしていても、いざという時に己を守れまい。さ、木刀をとれ！」

「断る！」

「教えてやろうと言うとるのに失礼な奴じゃな、ならば剣を知らぬ奴がどのような目にあうか教えてやる。さあ、逃れて見よ！」

言うや否やいきなり正面から木刀を振りかざして襲い掛かった。鋭い太刀筋だが、小源太にとっては問題ではない。軽くかわして跳び下がった。

「ほほう、逃げるのがうまいな。今のはほんの小手調べじゃ、打たれとうなければ木刀をとれ、さもないと容赦なく打ち据えるぞ」

小源太は素手のまま静かに栗田を見据えた。

「こやつ、逆らう気だな、痛め付けんと分からんようだ」

栗田は再び上段から打ち込んできた。相手をなめきった剣である。小源太にとって、この相手を素手でも叩きのめすのは至って簡単だが、それは出来ない。自分が置かれている立場を考えれば当然である。打ち込まれる度に前後左右に逃げた。小百合や若侍の何人かは、それを見て笑い声を立てた。由岐伊織と市場健之助だけは、予想される悲惨な結果を想って目を伏せていた。

見ている侍たちは、栗田が手加減をして面白半分で小源太を追い回していると思っているに違いない。しかし、栗田の頭は錯乱しそうになっていた。初めは適当に手加減していたが、次第に力が入り、遂には必死で打ち込んでも相手は簡単に間合いから逃げる。怖ろしいほどの技の差である。一方、小源太にしてもどうしてこの場を収めるか、必死で考えていた。何十合めかの打ち込みの後、小源太は道場の羽目板に背をつけた。

「そりゃあ！」

栗田は捨て身の打ち込みを放った。一瞬、小源太は身を沈め、栗太の手首を掴んで捻り上げ、同時に左横に転がった。それは誰の目にも見えない早業であった。

がしゃーん！　と派手な音がして、栗田は羽目板に激突して転倒し、木刀が道場の中ほどまで飛んで行った。見ていた者達の目には両者が縺れて転んだとしか映らなかったが、当然、栗田は小源太の早業に驚愕している筈である。

小源太は疾風のように道場の外へ走り去った。

「うーむ、ふざけ過ぎて転んでしもうたわい」

しーんと静まり返った侍達や小百合にさりげなくそう言ったが、何ともばつが悪かった。唯、小源太の早業には誰も気付いていないのが救いだった。

「運の良い奴じゃ、手加減し過ぎたわい」

呟きながらも栗田三郎の全身にはずきずきする痛みが残っていた。

（二）

土鈴が予定通り出来上がって京の紅梅屋に納められ、天正九年も数日を残すのみとなったある日、小源太は河合忠邦に呼ばれ、奥座敷に行った。

「土鈴はご苦労じゃった。ところで、信楽には慣れたか？」

「慣れた。いよいよ安土から呼び出しが来たようじゃな、覚悟はしておる」

「そのような事で呼び付けたのではない。どうじゃ、この窯場の外に出とうはないか？」

「そりゃあ出たいが、――叶わぬことよな」

実際、ここへ来てから三ヶ月になろうとしているが、小源太は終日作業場に籠っている。茂助が土採場へ行ったり、近くの窯場へ行ったりしているのを見るのは辛かった。茂助には修行中だから外に出ることは禁じられている、と言ってある。

「その方はここから逃ぐる恐れがないと思わるるゆえ、明日茂助に同行して土採場に行くがよい。その際、逃ぐれば佐橋一族は抹殺されるでな」

「脅しか？　俺は逃げん、土岐の親父やおっかあには詫び切れん迷惑をかけてしもうたでな」

両親との手紙のやり取りは固く禁じられているので、余計に申し訳無く思っている。

翌朝、信楽の里は薄っすらと雪化粧し、夜来の木枯らしも収まっていた。小源太は初めて塀の外に出た。信楽では窯元が夫々の土採場を持ち、そこは一種の聖域とされた。現代では、三重県や湖東の各地からも土が運ばれるが、この時代は未だ信楽の土は豊富だった。河合窯では、毎年新年を迎える前に大切な土採場と密かに設けられた武器庫の清掃をし、大注連縄《しめなわ》を取り替える。

土採場は窯元から三里ばかり西に行った先の山中にある。ここは他の窯元の土採場と異なり、頑丈な塀を廻らしたかなり大きな建物があった。この日は小百合が女人二人を連れて早朝から土採場の清掃に来ていた。

大注連縄を手押し車に積み込んで、小源太と茂助が窯元を出たのは日が高く上った辰の下刻（午前九時頃）だった。感傷や女々しさを嫌う小源太だが、何処か土岐の山野に似た道筋の景色に胸が熱くなった。もう何年も両親や弟に会っていないような気がする。硬く思い決めた別離の覚悟も、信楽での気侭な日々にともすれば張り詰めた気持ちが挫けそうになる。時折見る夢の大半は、母のことだった。桐野伊兵衛や寺島幸四郎が出てきてうなされることもある。

今は平穏に日々を送れるが、いずれ信長に命を奪われるだろう。寛容は望むべくもないと覚悟している。織田信長は四万余の一向宗徒や女子供を殺し、戦の相手を含めれば七万を超える命を奪ったと聞いている。そのようなむごい事をして熟睡できるのだろうかと思う。

これまで何度も耳にした噂では、織田家の重臣達でさえ冷酷な信長を恐れているらしい。一体、信長という武将は噂の通り冷酷で己を神格化しているのだろうか？　――。叡山を焼き払った仕打ちは神仏を真っ向から否定する行為である。

織田信長の本拠である安土城は、中心部が吹きぬけの構造で、その上層階に盆山と呼称される巨石が据えてあると聞く。巨石は信長自身を誇示するのか定かではないが、吹き抜けの空間を囲む回廊には西洋の机や椅子が並ぶ異様な雰囲気ということである。又、信長は西洋のマントを身に着けたり、真っ赤な渡来酒を飲んだり、キリシタンの宣教師から異国の情報を得るという。しかも、朝廷や足利将軍を歯牙にも掛けていないという噂さえ流布されている。

天下布武を旗印に掲げる信長については、このところ悪い噂がしきりに飛び交って、周りの家臣達から見れば不気味な主君であるのは間違いない事実で、そんな武将に命を握られている己は、不運極まりない若者というべきである。土採場に向かって歩きながら小源太はそんなことを考えていた。

小源太が何か思索に耽っている時、茂助は一切話しかけてこない。二人は、弱々しい師走の陽を受けて草も木も寒さに震える野道を荷車を引いて黙々と歩いた。

その頃、土採場では女人達による掃除があらかた終わり、後は茂助たちが大注連縄を運んで来るのを待つだけになっていた。その時、ふと人の気配を感じて入り口に向けた小百合の目に一人の侍の姿が映った。その侍は断りも無くずかずかと土採場に踏み込んで来た。一応こざっぱりとした旅装をしているが、睨みつけるような下残白の眼は不気味で、茶羽織や袴は埃にまみれ、異様に長い赤鞘の太刀が目に付いた。かなり長い道のりを歩いてきたらしい。

「お待ちあれ、無断でこの場所に立ち入ることはならぬ」

素早く木刀を手にした小百合が声高に咎めた。

「いや、怪しいものではない、ちと尋ねたいことがある」

痩躯蒼顔の侍は慌てて手を横に振り立ち止まった。

「どのようなことをお尋ねか？」

小百合の口調がやや穏やかになった。

「ここから京までどれくらいの隔たりかな？」

「十三里はありましょう」

「何としても夕刻までに京に入りたいが、無理かな？」

「休まず歩き続けても、せいぜい石山辺りまででしょう」

「馬ならどうかな？」

「馬なら陽のあるうちに着けましょう」

「さようか、では頼みたいが、奥に繋いである馬を売ってくれぬか？」

侍は黒鹿毛の逞しい馬に目を走らせた。その途端、小百合の顔つきが一変した。この侍が初めから馬に目を付けて土採場に入って来た魂胆を見抜いたからである。

「この馬は売り物ではない！　さっさと出て行かれい！」

言葉つきが険しくなった。

「どうあっても売れぬと申すか？」

「くどい！」

小百合は一歩前に出た。

「無礼な奴、ならば腕づくで貰うて行くより外に手はあるまい。ちと急がねばならぬでな」

理不尽な侍の言葉に、小百合の怒りは頂点に達した。

「女人と見て付け上がるでない！　大人しゅう出で行かねば痛い目にあおうぞ！」

小百合は木刀を正眼に構えた。普段、道場で若い家臣たちと対等以上に立ち会っている自信があった。二人の女人は固唾を呑んで肩を寄せ合い、不気味な対決を見詰めた。

「ほほう、女だてらに一応の剣は出来ると見ゆる、じゃがその構えではわしを打てまい」

侍が冷ややかに嘲笑した。かなり、腕に自信があるらしい。

「女人と思うて侮るとは無礼な！　出て行かぬとあらば手は見せぬぞ！」

小百合は一歩前に踏み出した。此処を守るためにこの侍を排除しなければならない。侍は両手をだらりと下げたまま突っ立っている。小百合が打ち込めば居合いの抜き打ちをかけるかもしれない。

小百合は焦っていた。聖域に踏み込まれた挙句、馬を盗まれる恥辱には耐え切れない。機先を制して侍を痛めつけるより他に方法は無い。相手の技量を考える余裕もなく、いきなり猛然と正面から打ちかかった。それは、女人とは思えない鋭い攻撃だったが、侍は軽く左側に身をかわし、目前に空を切って流れて来た小百合の手首に、強烈な手刀を打ち込み、よろめく小百合の腰にしたたかな蹴りを入れた。

小百合は木刀を取り落とし、激しく地面に転倒した。侍は抜刀もしなかった。転倒した小百合が、痛みで起き上がれず、憎々しい侍の顔を睨み据えた時、土採場の表から小源太と茂助が走り込んで来た。

「たわけ！　何をするか！」

叫びながら小百合を抱き起こし、後ろにかばって、地面に転がった木刀を拾い上げた。

「馬を盗もうとしたのじゃ！　こやつ、恐ろしゅう腕が立つ。逆らうと命をとられようぞ。馬はくれてやるがええ」

小百合は小源太が確実に斬られると思って叫んだ。

「その通りじゃ、逆らうと斬り捨てる。馬を渡せば許してやろう」

侍は不気味な笑みを気味の悪い蒼顔に漂わせて吐き捨てた。

「貴様、中条流の兵法者か？」

小源太は気を静めて訊いた。もし、中条流の追手なら、嫌でも命を奪うことになる。正体を知られれば周囲に迷惑をかける。

「生意気なことを訊くものじゃな、陰流の皆伝を得ておる」

昂然と侍が胸を張って応答した。

「陰流の兵法者とな、――聞いてあきれるわい。己の流派を汚す馬盗人め」

「なに！　その方、武士を侮辱するか！」

「ああ、侮辱されて当然じゃ、鼻くそ武士め！」

「おのれ！　下司野郎を斬るのは刀の穢れじゃが、もう許せん！　覚悟せい！」

相手が兵法者の場合、怒らせるのが先手と心得ている。この相手に勝てるかどうかわからないが、先ずは平常心を失わせる必要がある。

案の定、侍は抜刀するや否や猛然と斬り込んで来た。小源太は紙一重でその太刀をかわし、同時にこの侍の腕前の低さを測り知った。侍は更に二度三度と斬り込んだが、小源太は簡単に空を斬らせた。それを見た小百合は、はっと思い出した。道場での栗田三郎と、この侍の姿が重なり合った。

次の瞬間、小源太の木刀が物凄い速さで侍の両手首を打ち据え、長刀が宙に飛んだ。

「むうーん！」

両手首を押さえて侍はうつぶせに倒れ込んだ。その眼前に小源太は木刀を突きつけて立ちはだかった。

「待ってくれ！　――拙者が悪かった、ほんの出来心じゃ、許されよ」

侍は命の危険を感じたのか、必死で嘆願した。

「骨は折れておらん、手加減したからな。さっさと失せろ！」

小源太にとってこの侍は余りにも弱過ぎたようである。侍は刀を拾うや否や脱兎の如く逃げ去った。茂助も小百合も女人たちも、ここで起こったことを納得しかねて呆然と立ち尽くしていた。

「今のこと、他言せんで下され」

小源太は誰にともなく言った。普段と異なり、丁寧な口調だった。


その日の夜、小百合の姿が河合隼人の部屋にあった。

「小源太のことで兄上にお訊きしたいことがあります」

「何じゃ、一体？」

「小源太は唯の陶工ですか？」

「当たり前じゃ、土岐から修行に来ておると申したではないか」

「あの者は兵法者ではありませぬか？」

「兵法者？　何故そのようなことを訊く？　――陶工に間違いない。茂助同様に作陶の腕は立つ」

「では、陶工のくせに何故剣を使えまするのか？」

「何じゃと？　申しておる意味が分からんが」

隼人は半ばとぼけてみせたが、内心の動揺が顔に出ている。

「私は、この目で小源太の剣を見たのです」

「なに！　見たと申すか？」

小百合の言葉に隼人は大きな目を更に大きく見開いた。

小百合は、道場での栗田三郎の件と、この日の土採場での出来事をかいつまんで隼人に話した。

隼人は、腕組みをして暫くの間沈黙した。思いもかけない話に戸惑っている様子が見えた。

「では、話さねばなるまい。じゃが、私が申し渡すことは絶対に他言はならぬぞ。小源太について今から話すことを承知しておるのは、父上、勘兵衛、吉岡藤十郎と私だけじゃ」

隼人は、土岐での小源太と桐野伊兵衛との争い、信長に対する暴言について語り、その咎によって小源太は河合窯に押し込められて安土からの裁きの知らせを待つ身であることを話して聞かせた。

「あの者は心底から武士を嫌い、己を守るため鹿島新当流の剣を極めておる。その腕前は、勘兵衛とて足元にも及ぶまい」

「――」

思いがけない言葉に小百合は瞠目した。隼人は、信楽に来る途中のかぶと坂で小源太が、追って来た中条流随一の兵法者寺島幸四郎を谷底に叩き落した勝負についても話した。

「怖ろしい男ですね」

「それは違うな、小源太は人の命を取る武士を嫌うておる。桐野伊兵衛の場合は手加減せずに殺してしもうた。そのことを深く後悔し、両親にも迷惑をかけた気持ちで心から詫びておる。寺島幸四郎は、打ち込みをかわされて谷底に落ちた。土採場を襲うた侍の場合は明らかに手加減しておる。栗田三郎については、恥をかかせないよう、手首を掴んで投げ飛ばしたのであろう。それは栗田だけが存じておる早業に相違ない」

「小百合、この際申し聞かせておくが日頃から若侍たちはな、そちがこの家の娘ゆえ随分と手加減して参った。考えても見よ、そちに遅れをとるような腕前では織田の探索方なぞ到底勤まるまい。それに気付かず驕り高ぶり、男を小ばかにしてきた己を恥ずべきじゃぞ。いずれそのことを申し聞かせようと父上も考えておられた」

小百合は完全に打ちのめされた。冷水を頭から浴びせられた思いに、身も心も置き場が無かった。

「小源太に詫びねばなりませぬ」

「その必要は無かろう、それより、明日からは女人らしゅうやさしくなるのじゃぞ」

元日を三日後に控えた信楽の夜の底冷えより寒々とした思いに小百合は泣き崩れた。

同じ刻限、囲炉裏で焼いた寒餅を食べながら、小源太と茂助が話し合っていた。

「小源太、お前は一体何者や？　――侍やろ？」

「いや、武士は嫌いじゃ、俺は陶工じゃ」

「嘘つけ、陶工があないに強うないわい」

「――」

「わいには嘘つくなよ。一緒に仕事する仲間が出来けた思うて喜んどったのに――」

茂助に詰問されて、小源太は考え込んだ。秋の終わりまで盛んに鳴きすだいていた虫はすっかり死に絶えたのか、信楽の夜は静寂に包まれている。小源太は生涯陶工として生きたい。しかし、織田信長の断が下れば確実に命を取られる。それまでは一日一日を大切にしたいと思っている。そのためにも茂助は唯一の相方というべき男である。もはや全てを茂助に打ち明けるべきだと思い至った。誰にも明かしたことのない自分の出自を含めて――。

「茂助、俺が土岐の佐橋直正の長子であることだけはお前に話したな?」

「ああ、それは聞いた」

「実は、俺は直正の実子ではないのじゃ」

「――」

「俺を産んだ母は直正の妹の千代という人じゃ。その人が十五歳になった夏祭りの夜、美濃の斉藤家の流れを汲む武士に手篭めにされた。その時、因果なことにこの俺を身篭ってしもうた」

「――」

「俺の母はな、腹が大きうなって隠し切れず、兄の直正に問い詰められて全てを明かしたんじゃ。

手篭めにした奴は母の話で大凡分かったが、身分の違いで泣き寝入りするより他、何の手立ても打てなんだそうじゃ」

「そらひどい話や！」

「直正おやじは伝を頼って密かに近江の尼寺に母を預け、俺はその寺で生まれたんじゃが、母は産後の肥立ちが悪うなって半年余り後に死んで仕舞うた」

小源太は、苦悶の表情を浮かべながら己の出自について話し始めた。

「それで？」

思わず茂助は眼を剥いて身を乗り出した。焼け焦げた餅が灰の中に落ちて燃えるのも構わずに――。

「俺の実父、つまり母を手篭めにした犬侍は、信長と斉藤竜興の戦いで死んだそうな。もしそいつが生きておれば叩き殺してやるのじゃが」

この夜、小源太が生まれて初めて茂助に打ち明けた話は以下の通りであった。

小源太は直正の実子として育てられたが、その出生の秘密については人の口に戸は立てられず、六歳になった頃近所の人の噂話から全てを知り、それからはやけくそになって親の言うことに激しく反抗し、陶器は割るわ、馬を追い散らすわ、人並み以上に頑丈な体で村の子供達をいじめるわの暴れようで、直正はほとほと困り果て、九歳の春、尾張の禅寺に小源太を預けた。

ところが、一月も経たぬ内に寺を逃げ出してしまった。必死で土岐の方角に向かって山道を歩いたが、所詮は子供の足である。途中、道に迷って大猪に襲われ、谷底に転落したところを運良く通りかかった侍に助けられ、山小屋に運び込まれた。

この侍は、尾張の猿投山ちかくに隠棲する兵法者で、名を塚原彦八と言った。そのまま足に受けた傷を癒すため一ヶ月もの間彦八の山小屋で過ごすことになった。その間、侍は一応事情を訊いたが、小源太は、禅寺から逃げ出したこと以外は何も話そうとせず、彦八も深く訊き出そうとはしなかった。

この一月の間に小源太は、町屋の人々の命を奪ったり、女人を手篭めにする武士から身を守るため、剣の技を身に着けたいと考えていたので、彦八に剣の教えを乞うた。この武士の小屋には木刀が置いてあり、太刀も壁に架けてあった。普段、彦八は葛や藤蔓で大小様々な形の籠を編み、時々それをどこかへ売りに行くようであったが、その身のこなしは子供の小源太が見ても強そうに見えた。

初めは断られたが、必死の懇願に負けて剣を教えてくれることになった。その時初めて塚原彦八が鹿島新当流の兵法者であることを知らされた。剣の修行は十九歳になるまでの九年間に及んだ。

その修行は筆舌に尽くしがたいほど厳しいものであった。猿、猪、狼、大鹿を相手に木刀や真剣で立ち向かった。勿論、剣の基本は彦八自身がみっちりと仕込んでくれた。小源太の全身には

生傷が絶えなかった。塚原彦八は、類希な反射神経と視力を持つ小源太の天性を見抜いていたと思われるが、小源太自身は気付く筈はなかったのだろう。

その一方で、自分の持つ四書五経も読ませ、剣は己を守るための技であって、絶対に攻めるな、殺すな、と口酸っぱく教え込んだ。その師が心の臓の病で突然この世を去った後、小源太は土岐に帰ってきた。

「そうやったんか、それでお前が強い訳が分かった」

茂助は深いため息をついて、まじまじと小源太の顔を凝視した。

「その剣が仇になってこのざまよ。師の教えに背いた罰だわさ」

「教えに背いた？　何でや？　何をやらかしたんや？」

小源太は、村の女人を手篭めにしようとした織田家の家臣を叩き殺して信長に捕らえられ、最後の断が決まるまでこの河合窯に押し込められた経緯をかいつまんで説明した。茂助は話を聞いて仰天した。

「えっ！　そらえらいこっちゃないか！　――ほなら、お前は咎人か？」

「そうじゃ、ここで信長の処刑を待っとるんじゃ」

「そんな阿呆な！　悪いのんは女人を手篭めにしようとしよった織田家の家臣やないか！」

「そうはいかん、命を奪うた俺が悪い。もうとっくの昔に死ぬる覚悟は出来とる。武士から見ると町屋の人間は何の値打ちもない虫けらじゃからな」

「死ぬる覚悟しとるんか？　お前は武士か？」

「俺は陶工じゃ、武士ではない」

「ほなら、そんな覚悟するな！　どないかして助かるかも知れんと考えんかい！　信長様はいそがしいんやろ、もうお前のことなんぞ忘れたはるかも知れん」

小源太は、自分が信長を犬侍と罵ったことだけは話さなかった。信長がこの暴言を忘れる筈はない。それでも、茂助の励ましは心に沁みてありがたかった。死を覚悟しながらも、心のどこかで武士に逆らえない身分の己が悔しかった。育ててくれた両親、特に優しい母を残して先立たねばならないのが無念であり、後悔の念は日と共に深まるばかりであった。

（三）

天正十年は戦乱のうちに明けた。天下の情勢は織田信長を中心に大きく動きつつあった。武田、毛利、上杉は、織田軍と戦いながらその巨大な圧力に抗し、九州の島津、四国の長宗我部、陸奥の伊達も信長に従おうとしない。

上杉景勝に対するは柴田勝家、佐々成政、前田利家軍であり、甲斐の武田勝頼を攻めているのが徳川家康、滝川一益、河尻秀隆、森長可らの織田徳川連合軍である。一方、信長の信頼が最も厚い羽柴秀吉は中国に在って毛利輝元を攻め、丹羽長秀、神戸信孝軍は四国攻めの準備に追われている。武力を以て天下を統一しようとする織田信長の天下布武は、着々と進行している。

織田信長は敵対する者を徹底的に排除し、一兵に至るまで抹殺する。その情け容赦もない攻撃は敵に恐れられ、後に深い恨みを残した。古文書に見られる信長の振舞いの中には敗者の側から大袈裟に非難した点もあるかもしれないが、残虐の数々は明白である。すなわち、元亀二年九月、かねてより信長と交わしていた誓詞を無視して浅井、朝倉に加担した比叡山を攻めた信長は、根本中堂を始め山中の堂塔ことごとくを焼き払い、高位の僧から女子供に至るまで引捕えて殺戮した。その数三千に及んだと伝えられる。

天正元年八月、朝倉軍を攻めて主の義景を自刃させた信長は、降伏してきた家臣から雑兵に至るまで数千八百人を惨殺したと言われる。

天正二年七月、伊勢長島の一向一揆討伐に大軍を差し向け、これを約三ヶ月で殲滅した。その折、戦意を喪失したり負傷したりして降服した者を許さず、女、子供を含めて千人以上を焼き殺し、更に、中江、屋長島の砦によって抵抗した二万人に及ぶ一向宗徒を殺害した。

天正三年八月、越前の一向一揆討伐の際、捕らえた男女一万五千人余を死骸にした。その他、浅井長政、荒木村重一族の惨殺、高野山における僧侶約千六百人の殺害などが伝えられている。

いずれの場合も信長は、雑兵や家臣たちの家族に至るまで命を奪ったと言われている。織田信長の行為は異常であり、織田家の重臣といえども信長の勘気による身の危険に脅え、常に保身に汲々としているやにさえ感じられる。勿論、信長は狂人ではないが、主に対する反抗や戦術上の異論は絶対に許さない。従って、信長の意向に異を唱える重臣は一人もいない。

要領よくやんわりと己の意見を述べて信長の勘気を和らげたのが羽柴秀吉であり、生来の生真面目さで時折信長の勘気を引き起こしたのが明智光秀であった。かといって、何の意思表示もせずに唯々諾々と仕えていると、佐久間一族のように役立たずと断じられて放逐されかねない。織田家重臣らの気疲れは尋常一様ではない。

ここ数年来、信長にとって最も憎悪すべき目の上の瘤であったのが一向宗徒である。一向宗は巨大な宗教集団であり、信長を仏敵として頑強に抵抗してきた。一向宗徒による一揆は、応仁、文明の大乱以来頻発し、本願寺第八世蓮如聖人の世になって、地侍、国人、名主を中心とした大きな核を持つ強大な宗教集団に発展し、早くから武家政治に反抗してきた。

一向宗は、長享二年に加賀の守護富樫政親《とがしまさちか》を攻めて自害させ、約一世紀にわたり加賀の国を支配したことがある。従って、一向宗徒と争ったのは織田信長だけではない。越中の上杉、越前の朝倉、摂津の細川をはじめ、柴田勝家、徳川家康らの戦国武将は大なり小なり一向宗徒に手を焼いたが、信長ほど徹底的な弾圧も殺戮もしていない。

織田信長は、本願寺第十一世顕如聖人を中心とする石山本願寺と十一年間に及ぶ合戦を戦い、天正八年に至り遂に屈服させた。しかし、表面上の敗退はあっても、一向宗徒は決して消滅していない。彼らにとって信長は積年の仏敵であることに変わりはなく、その怨念は深甚且無限である。

このような天下の情勢について小源太はかなり熟知している。父の佐橋直正は織田家に仕える武士でもあり、戦国の世相に詳しく、折に触れて様々な出来事を小源太に話し聞かせ、武家政治の有り様や庶民への対処について説いてきた。その話を通じ何故か小源太を武士嫌いに仕向けるよう、育て上げた。周囲の人々にとって、それは謎であった。もっとも、小源太自身も、母を手篭めにした武士のことを知ってからは心底武士を嫌うようになった。


天正十年一月の初め、河合忠邦は小源太を奥座敷に呼び込んだ。織田信長の多方面にわたる攻勢は激しさを増し、河合窯には二名の若侍しか残っていない。河合隼人をはじめ樋口勘兵衛、吉岡藤十郎、栗田三郎らは探索方としてどこかに潜入しているらしい。

信楽の冬は厳しい。日が昇ってもびっしりと立ち上がった霜柱は終日解けず、寒気は和らごうとしない。それでも土岐と比べればやや凌ぎ易い。

「小百合のこと、礼を言う」

忠邦はやや疲れ気味にみえるが上機嫌だった。小源太は黙って頭を下げた。土採場の一件以来、小百合は大人しくなり、作業場にも寄り付かない。

「ところで小源太、そちは心底武士を嫌うておるようじゃな?」

勘兵衛から色々耳にしているらしい。

「武士は好かん」

「全ての武士が気に入らぬ訳でもあるまい」

「世の中の仕組みが武家中心になっとる。武士は威張り散らす」

「では訊くが、そちは信長様をどう思うのじゃ？」

「信長は何万人もの命を奪うた怖ろしい武将じゃ。武力で天下を我が物にしても、必ず武力で報復され、乱世は終わらぬ。百姓町人は苦しむばかりで救われぬ。信長の天下布武は間違うとる」

「相手の遺恨が争いを繰り返すというのか？」

「そうじゃ、武力で人の心は統一出来ぬ。この世に武士がおらんようになれば、殺し合いや領地の取り合いも無うなる」

「それは夢ごとじゃ」

「その夢が叶うわねば百姓町人の安らぎは無い」

小源太の口調が熱を帯びてきた。

「そちは一歩も譲らぬが、仮にそちが織田家の重臣であれば如何する？」

「当然天下布武を取り止めるよう信長に諫言する」

「信長様はお聞き入れになるまい。そちは罰を受けようぞ」

「信長を幽閉し、織田家の家臣達や国中の領主に、武器を捨てて話し合うよう説いて回る」

「その人たちが拒まば？」

「それでも説得を続ける」

「そちの話は分からぬでもないが、夢のまた夢じゃ。信長様は我らのご主君であって、この河合窯は織田家の隠し砦であることを忘れるでない。そちは我らの監視下に置かれておる。そちの夢についてはいずれ改めて話そうぞ、先ずは日々の作陶に励むことじゃ」

河合忠邦は妙に穏やかである。

「信長から処断の下知があったのか？」

呼びつけられた小源太は当然そのことに思い至って訊いた。

「下知があった訳ではないが、こちらから伺いをたてた」

「——」

「その方の様子を言上し、これからの有り様について私の思いを申し上げた」

「なるほど、つまり俺を探索方に繰り入れる代わりに助命を願い出たのか？　俺は絶対に断るぞ、命は惜しいとおもわん！」

「はっはっはっ、——そのような話ではない。よいか、そちを探索方に繰り入れることは絶対にない。それと、そちに対する最後の処断は未だ出ておらぬ。これからのそちの有り様によって決まる。私から助命の嘆願など出せる訳はない。じゃがな、そちのご両親から信長様宛てに、この三ヶ月の間に数通の嘆願書が出ておるそうじゃ」

忠邦の話に小源太は胸を衝かれて呆然とした。迷惑をかけた後悔の念が強いだけに、両親の思いを知らされて思わず両眼から涙が溢れ出そうになった。

「そちは何かと言えば命は要らぬと吐き捨てるが、それでご両親がお喜びになると思うか！考え違いもほどほどにせい！」

珍しく河合忠邦が語気を荒げて叱り付けた。小源太は沈黙したが、頭の中は混乱して自分のなすべき有り様が心に浮かばなかった。

「信長様のお話では、今後のことは当分この忠邦の申し出通りで良いと申された」

「どのような申し出ですか？」

思わず小源太の言葉遣いが丁寧になった。

「ここで作陶することに変わりはないが、そちを京の紅梅屋に出入りさせて陶器の商いを修行させる許しを願い出たのじゃ」

「――」

「紅梅屋も織田の隠し砦の一つじゃが、信楽焼や清水焼を商う大店でな、そちは京におっても我らの手の内にあることには変わりはない。どうじゃ、京に行ってみるか？」

小源太は生まれてこの方、京の都の華やかな様子を耳にしても、そのような所へ行けようとは思ってもみなかった。まるで夢のような話である。

「申すまでもなく中条流の門弟はそちの行方を血眼で探索しておるに相違なかろう、充分気をつけることは肝要じゃが、いつまでも逃げ隠れする訳にもいくまい。信長様は、そちが若狭の土鈴作りに力を尽くしたことを心良う思っておられる。よって、願いはゆるされたのじゃ。ただ、わしから一つだけ申し渡しておくことがある。そちの言葉遣いじゃが、京に行けば折に触れて様々な人に出会おう、その折、長幼の序もわきまえぬ童同然の言葉遣いでは世間に通用すまいぞ。京に行ってみるか？」

小源太は忠邦の言葉に大きく心をゆり動かされた。断る理由もなかった。

「行きます」

小源太は素直に答えた。

「そうか、それで決まりじゃ。ただな、人の命も己の命も粗末にしてはならぬ。天命を生きてこそこの世に生を受けた理がある。それを心に留めておけ。言葉使いについては、勘兵衛からも口を酸っぱくして言われていよう、努力して改めよ」

忠邦とのこの日の話し合いは、小源太の心に一つの転機をもたらすことになったかも知れない。

陶板やツクが整然と並べられた作業場に戻った小源太は、京の都を思い、心を躍らせていた。

「どないしたんや？　──目が泳いどるで、何かあったんか？」

茂助が不審に思って訊いた。

「忠邦様にな、陶器の商いを修行するため五条の紅梅屋へ行けと言われたんじゃ」

「ほんまか？　そらええこっちゃ、俺も京と信楽を行ったり来たりして商いを習うたことがある。京は国の都や、えろう賑やかな町やで。今夜は祝いの酒でも飲も」

茂助は我がことのように目を輝かせて喜んだ。

「命の心配は無うなったわけではないが、京へ行けるのは嬉しい。ところで、信楽の焼き物は京の都でよう売れとるのか？」

作ることは知っていても、商いは全く知らない小源太である。

「そらあ売れてるがな、信楽焼きの壷や甕、すり鉢や茶器はな、赤肌でざんぐりしとる。せやから、百人中九十九人の人に好かれるんや」

「ふうん、俺が信楽に来て一番に驚いたのは此処の土じゃ。木炭のかけらや砂が混ざっとるじゃろう、これでよう焼物が割れんことじゃと思うた」

「それで？」

「ところが、土をよう揉み込んで焼き上げると、割れるどころか細かい穴ができても肌がごつごつしとっても、えろう味のある物に仕上がる」

「その通りや、充分揉みこむとな、焼いても割れへん。土は生けとるからな、此処の土は木節土ちゅうて炭になった木のかけらが混ざっとる。これをウニちゅうてな、こいつが燃えて御本という紅斑がでけよる」

何度も耳にしたことを茂助は繰り返した。

「近頃はな、千宗易様の注文も増えとる。それにな、織田様、羽柴様、前田様、丹羽様から来る注文もどっさりあるそうや」

武将達の名を聞いて、小源太は憮然として沈黙した。権力を持つ武将は嫌いである。

信楽焼は信楽川に沿って広がる信楽谷の東北、紫香楽宮跡近くの雲井村における奈良時代の瓦焼きがその発祥と言われるが、暗緑色の灰釉が薄くかかった焼き物の特色は、赤褐色の地肌と微妙な調和を保つ点にあり、既に平安時代の終わり頃からその色調は現れていたと考えられる。

信楽の里は、東は隼人川沿いの黄瀬集落から、西は河合窯のある南松尾まで広がり、南東は三郷山を隔てて堂谷、門出に接している。信楽焼は、ざんぐり、ずんぐりとした形の特色を持ち、後世の茶人達はその形を人がしゃがみこむ姿に見立てて、蹲《うずくま》ると名付けた。現在でも蹲ると名付けた和菓子が信楽にある。小源太は、信楽の陶器が主に武将達のために焼かれているような気がして、いささか不愉快になった。

「此処の陶器は大名のために焼いとるのか?」

小源太は不機嫌な声で茂助に訊いた。

「そんなことない、町家の人が買えるような安い陶器も作っとる。これは忠邦様の方針や。これからは安い、ええ陶器を増やすようになっとる」

「分かった、汁や茶が沁み込むような木の入れ物はいかん。百姓町人も楽しゅう使えるような焼き物を作ろうぞ」

忠邦もそれを考えていると知って小源太の心は晴れた。

第三章　京の都

（一）

桜の蕾がほころび始め、山々の枯れ枝が浅黄色に芽吹く二月の末、小源太は樋口勘兵衛に伴われて京へ向かった。早朝に信楽を発って日が沈む夕刻五条大橋西詰めにある紅梅屋に着いた。二人とも町人姿で頭に笠を載せていた。

この時代の京は、現代と違って鴨川の西側に集中して賑わい、北は銀閣寺と竜安寺を結ぶ地点、南は東福寺と桂を結ぶ線、西は御室と久世を結ぶ線の鴨川以西の広大な地域に碁盤の目を広げていた。

南北に走る道は、東端の東京極大路から西端の西京極大路まで三十三本あり、東西は一条大路から九条大路に至るまで三十九本を数える巨大な碁盤模様に展開していたが、それに反して鴨川の東岸から東山連峰に至る地域は、茫洋と広がる原野と田畑が続き、所々に古い寺社や森が点在するだけで、夜ともなれば狐狸や盗賊が跳梁《ちょうりょう》した。

五条大橋は現在の位置より一町ほど上流の松原通りに架かっていた。紅梅屋は、東京極通りと五条通りが交差する辻の西側に二千坪近い敷地を占め、高い土塀に囲まれた中庭に四棟の倉と二棟の離れ家を背負った間口八間の大店である。この中庭が織田信長の隠し砦になっている。主の紅梅屋藤兵衛は本名を藤原右兵衛義兼と言い、出自は紀州の熊野、代々織田家に仕える水軍の流れを汲む家柄で、信長直属の探索方であった。

この人は三百石の禄を食んでいた弘治二年、ある出来事から信長の逆鱗に触れ、織田家から放逐されて近江の秦荘に移り陶器の商いを始めた。商いは年々繁盛して数年後信長に許され、今日の財を成したと言われている。大徳寺の古渓和尚や千宗易（後の利休）とも親交がある。

太って小柄な藤兵衛は、頭髪こそ真っ白だが顔の肌は艶々してとても六十四歳には見えない。面相は目も鼻も大きく武人の造りである。

「よう参られた、私が主の紅梅屋藤兵衛でござります。此処では気侭に過ごされてお気の済むまで京の町を観歩かれ、陶器の商いはゆるりと学ばれるがよろしゅう御座りましょう」

小源太に丁重な口調で挨拶した藤兵衛は、突然両眼からはらはらと落涙した。この涙に小源太は驚いて藤兵衛の顔を凝視し、慌てて挨拶を述べた。

「土岐の陶工、佐橋小源太です。よろしゅうお願い申し上げます」

丁寧な言葉に樋口勘兵衛が内心仰天した。

「涙などお見せして失礼いたしました。実は、私には先の家内との間に男子が一人おりましてな、可愛い盛りの三歳で夭折いたしました。その子が生きてあれば、丁度小源太殿と同じ年頃になります。ついつい思い出しまして——」

涙を手の甲で拭いながら藤兵衛はしゃべり続けた。泣くとその顔が急に老いて見える。

「京の町には、日が沈むと得体の分からん奴が湧いて出よります。鴨川の河原にはねぐらを持たん流れ者が仰山居よりましてな、なんやかやと物騒です。夜は出歩かんほうがよろしゅうござります。昼間でも鴨川より東側の一人歩きは危険です。けど、京は国の都で、千を越す神社仏閣が点在しとりますので、ゆっくり観て回られませ。時には番頭の儀助に案内させまする」

小源太は藤兵衛の丁重な語りかけが理解できなかった。おそらくこの人の耳には土岐での出来事や信楽に押し込められた経緯について詳しく入っている筈である。藤兵衛は、桐野の追手を心配して釘を刺したのかも知れない。

紅梅屋の裏庭にある隠し砦からは、鴨川を隔てて東山連峰が見渡せる。此処には賄いの老女が二人いて、昼夜を問わず裏から出入りする探索方の世話をする。

「緑を離れて商いで財を築き、そのまま歳を重ね、いつの間にかあのように涙もろうなられた。昔は随分猛々しい武士であったと聞いておるが——」

挨拶の後裏庭に戻った時、勘兵衛が独りごちた。

この夜、藤兵衛が小源太のために歓迎の宴を設けてくれるというので、二人は砦の湯殿で体を洗った。髭をそり髪を整えると、小源太の若者ぶりは輝くばかりである。

「若いというのは良いものじゃ、年は取りとうないものよ」

小源太の若者振りをしみじみ見詰めながら勘兵衛が呟いた。

「藤兵衛殿が禄を離れた訳は？」

何となく小源太が訊いた。

「信長様の勘気に触れられたそうじゃ」

「それは大事じゃ、家臣たちは勘気を恐れて日々の安堵は叶いますまい。ま、命を取られるよりは良かったがな」

「織田家のうちに勘気を叩きつけるようでは天下など平定出来まいに」

「信長様の勘気は困ったものじゃが、今のところ天下統一の力を持った武将は他に見当たらぬ。中国の毛利と甲斐の武田さえ倒せば天下の平定は成ろう。吉岡藤十郎の連絡によれば武田勝頼もいよいよ追い詰められたようじゃからな」

勘兵衛の目が光を帯びた。このような話になると、小源太は鼻白んでしまう。武将達の争いは果てしがない。領地や権力争いによって割を食うのは百姓町民達である。戦に駆り出されて命を失い、田畑を踏み荒らされた上高い租税を取られて塗炭の苦しみに喘ぐことになる。

正にこの時期、武田勝頼は韮崎の新府城に拠って織田、徳川連合軍を迎え撃ち、最後の抵抗を続けていたが、篭城の果て兵糧は次第に心細くなりつつあった。

「早う攻め落とせ！」

信長の下知も日増しに激しくなっている。武田は織田信長にとって最も憎むべき目の上の瘤である。かつては武田信玄に尾張まで攻め込まれ、喉元に剣を突きつけられる窮地に追い込まれて死を覚悟せねばならなかった。

幸運にも信玄の急死により九死に一生を得たのは、正に信長の持つ強運としか言いようがない。武田軍の侵攻は信長にとって上杉、毛利以上に積年の脅威であった。その武田軍をようやく新城に追い込んで包囲している。しかし、武田勝頼の戦意は衰えず、隙あれば城から打って出て後方の岩殿山上に築かれた天然の要塞岩殿城に入り込んで巻き返しを図ろうとする意図が窺われる。

桂川の岸の断崖上に建つ岩殿城は、小さいながら登路十四町に及ぶ岩山の頂上にあり、ここは駿河の久能山、上野の我妻山と並び称される峻険で、武田の本隊がこの城に立て籠もれば、殲滅は至難の業となる。何故なら、長蛇の一寸刻みを強いられる織田の大軍は狭い岩道で山頂から思いのままの攻撃を受けるからである。

「今、織田方も武田方も忍びや探索方を使うて探りあいをしておる。力と力の争いの裏にはな、探索方のかけ引きがある筈じゃ」

「お互い、欲に絡んだ探り合いですな」

小源太は吐き捨てた。勘兵衛は苦笑しながら精悍な若者の顔を凝視した。

「徳川家康や羽柴秀吉も探索方を使うのでしょうね」

「勿論じゃ、一番多くの探索方を持っているのは徳川家康じゃろう。その威力は群を抜いているると言われておる」

「相手の動きを探り合うて、攻め合うて殺し合えば多くの命が失われるだけです。武士のやることは全く馬鹿げています」

小源太と戦の話をすれば、どこまでもかみ合わないお互いを勘兵衛は痛感する。

この夜、紅梅屋藤兵衛は京料理と酒肴で小源太をもてなしてくれた。その酒席に藤兵衛の一人娘の幸が顔を見せた。十六歳になる幸は、色白で顔が丸く一重瞼の目は細いが、睫が長いせいか初々しい女人の色気を発散させている。やや分厚い唇は父の藤兵衛に似ていて、一応は京美人の部類に入る。藤兵衛が幸を小源太に紹介した。

「先年他界した後添いとの間に出来た幸です。えらい跳ね返りで、これに婿をとるのはおおごとです」

「お父はん、要らんこと言わんといて。まだまだお父はんの言う通りにはならへんのやし」

やんわりとした京言葉だが、勝気な気性が顔に出ている。ここにも信楽の小百合に似た女人がいる、――と小源太は心の中で嘆息した。

「あんた、小源太はんと言わはるのやね、嫁取りはまだどすか？」

幸は臆面もなく小源太を見据えて訊いた。

「嫁は要りませぬ、俺は気侭者じゃから面倒くさい」

「けど、男はんは嫁取りせんとあきまへんえ、そうやないと勘兵衛はんみたいに一人ぼっちの若爺になるえ」

「これ！　何という失礼なことを言うのじゃ！」

藤兵衛が慌ててたしなめた。

「いやいや、そうかも知れぬて」

勘兵衛が苦笑した。屈託のない笑いを浮かべた勘兵衛は四十を過ぎた今も一人身である。

「嫁は要らんのどすか？　変わったはるわ、このお人」

幸は引き下がろうとしない。

「変わってはおりません。要らんものは要らんのです」

小源太は軽く受け流した。信楽の小百合に似た女人がここにも居ると思いながら——。

みたところ、幸は気侭で勝気そうな娘だが、気立ての良い女人に感じられる。言いたい放題絡まれても不思議と腹が立たない。そんな幸を藤兵衛は可愛くてたまらないらしい。

幸が身に着けている薄紫の地に真紅の梅を散らした着物と、濃い紅色の帯は良く似合っていた。これは紅梅屋で働く全ての女人達が着る着物だが、どことなく垢抜けしている。

宴が果てる少し前に、京の雅を身に着けるため紅梅屋に預けられている信楽奥田窯の娘、咲が茶を運んできた。十七歳の咲は、小百合や幸と大違いのしとやかな女人である。二年前から紅梅屋にいて店の仕事や掃除を手伝い、時々生け花や茶道を習いに幸と一緒に大徳寺へ出かける。瓜実顔の大変な美人で、特に二重瞼の大きな目が美しい。

離れ家に戻ってから勘兵衛が言った。

「咲殿は信楽一美形じゃ、美しかろうが？　——それにな、しとやかで頭が良うて、愛想の良

幸
咲
紅梅屋
藤兵衛

い娘ごじゃ、小百合殿や幸殿と違うてな」

小源太は黙っていた。普段なら、女人の話など俺にはかかわりはない、と吐き捨てるところだが、咲の笑顔と美しさは小源太の心のどこかに爽やかな印象を残した。

奥田孫七郎には二十歳の浩太郎と咲の二子があり、妻のあかねは河合忠邦の妹である。従って咲と小百合は従姉妹になる。孫七郎は信楽の郷士で、奥田釜は信楽で最も古い窯場の一つに数えられる。娘の咲を名のある武将に嫁がせるのが願望で、咲を紅梅屋に預けて茶道、華道、行儀作法を身に着けさせようとしている。そんなことを勘兵衛は小源太に話した。

この時代、身分の低い出自の女性が高位の武家に嫁ぐのは身内全体の栄達につながる快事とされていた。小源太は憮然とした顔つきで勘兵衛の話を聞き流した。

（二）

樋口勘兵衛は三日ばかり京に滞在した後、新しい下知を受けたのか、どこかへ出かけて行った。出発前に勘兵衛は、桐野の残党に気をつけるようくどいほど念を入れて注意した。まるで父親が息子を諭すような口ぶりだった。

勘兵衛と入れ替わりに栗田三郎が京に上ってきた。栗田は小源太について河合隼人から聞かされているのか、すっかり態度が変わっていたが、お互い道場でのことには触れなかった。

京での毎日は、小源太にとって全てが驚きの連続であった。静かな森の奥にいた兎が様々な生き物が動き回るだだっ広い原野に放り出されたようなもので、見るもの聞くもの全てが珍しかった。夥しい人の群、建ち並ぶ様々な店、行き交う荷駄の列、夜まで賑わう都大路、大小の神社仏閣等々、何から何まで初めて目にする光景であった。

小源太は、三日おきくらいに番頭の儀助と共に問屋を回ったり、陶器の値付けを習ったり、品物を届けに行ったりしたが、それ以外の日は京の町を見て歩いた。六十歳を越した儀助は吉岡藤十郎ばりの馬面だが、目が糸のように細くどこか愛嬌があった。唯、主の藤兵衛同様、小源太に対して丁寧な言葉使いをするのが気詰まりだった。

「番頭さん、俺は商いを習いに来た若造ですから、使用人扱いをして貰わんと困ります」

と苦情を申し立てても、

「いいえ、あんたはんは信長様の言いつけで来られたお方どす。客人として無礼のないようにせなあかん言われとります」

と言って承知しない。京に来てからは自分の荒っぽい言葉使いが気になって、なるべく丁寧に喋るよう気をつけているが、客人として扱われる自分が心苦しくて仕方がない。屋敷内では時々顔を合わせる咲に心の乱れを感じ、何かと絡んでくる幸に梃子摺《てこず》る毎日だったが、京で過ごす日々は楽しい。此処には町屋の人々のささやかな幸せと、必死に生きる庶民の生活の生々しさがあった。戦乱の嵐さえ吹かなければ、人々の生活は破壊されないが、領土と権力の奪い合いは不気味に人々を脅かしていた。

この頃、織田信長は武田勝頼討伐のための総攻撃を準備し、自らも戦場に出ていた。信長は執拗に抵抗する武田軍をいささか持て余し気味だった。その信長の本陣を徳川家康が訪れた。陽春の気が満ち溢れる夜のひと時、家康は思い切った作戦を信長に進言した。織田家の重臣といえども、訊かれもしないのに己の意見を信長に進言することなど、以ての外で、下手をすれば命を取られかねない。

徳川家康は、織田信長の盟友としての立場は崩さなかったが、戦場の詳細については忠実に報告し、指示を求めた。そんな家康を信長は重臣以上に信頼していた。

「武田勝頼は、新府城に立て篭もり、当方の隙を見て山上の岩殿城入りを狙うておるやに思われまするが、一気に城外に打って出て岩殿城に走り込まれては厄介にござります」

信長の目を正面から見据えて、家康が切り出した。

「――」

信長は、充分な兵糧を蓄えて頑強に抵抗する勝頼に業を煮やし、その上、岩殿城に拠る武田軍も気がかりだった。いつ何時、この軍勢が山を降りて雪崩下り、織田軍を挟み撃ちにするやも知れないからである。

「これ以上篭城を続けさせては無駄な刻を過ごすだけじゃ。岩殿城の別働隊が動かぬうちに総掛かりで攻め落とすほかに手立てはないと思うが」

信長の顔には激しい焦りの色が出ている。

「そのことですが、この家康に策がござりまする。お聞きいただけますか？」

他の重臣たちを遠ざけての話し合いである。

「策とは？」

「信長殿は、一向宗徒や、朝井、朝倉、叡山の僧徒のごとき心底憎むべき敵は、雑兵に至るまでお許しありませなんだ」

「いかにもその通りであったが、いささかやり過ぎたとも思うておる」

ここで家康が膝をすすめた。

「実は、岩殿城の軍勢を指揮する小山田信茂の在りようを密かに探らせまいたが」

「ほほう、——信茂は武田軍随一の猛将と聞いておるが——」

「この武将は先君武田信玄の懐刀として、武田家に忠節を尽くして参りましたが、勝頼とはそりが合わず、いささか疲れおる様子にござります。これまで、数々の戦で先陣を務めながら、戦功に恵まれておりませぬ。手勢の四割は百姓にて、その者達も疲れ果てております」

「それで？」

「もし、小山田信茂が当方に寝返った場合、信長殿は小山田軍の命を安堵なされまするか?」

「安堵しよう、貴殿の策を申されよ」

敵味方を問わず、主君を裏切る事を最も嫌う信長の性格を知っている家康は、念を押した。織田信長にとって、武田軍は一日も早く滅ぼさねばならぬ積年の敵であり、現在、推し進めつつある天下布武の戦略は、北に上杉景勝、西に毛利輝元を攻めながら、最も苦しい時期に直面している。それだけに、家康の作戦に深い興味を抱かざるを得ない。

「されば、三日後の三月六日までに信長殿のご意向を小山田信茂に届け、了解の誓詞を取り付けます。それから一両日の後、武田勝頼軍を城外に誘い出します」

そこで、家康は信長の耳元に何事かを小声で囁いた。信長の眼が強い光を帯び、白面にさーっと朱が射した。

「相分かった、その策直ちに進めて行こう、よろしゅう頼み入る」

信長の決断は早かった。

天正十年三月七日は、まさに春爛漫の観桜日和であった。夕刻になって織田、徳川連合軍は、驚いたことに陣内に紅白の幔幕《まんまく》を張り巡らし、酒樽を並べ、毛氈《もうせん》を敷き詰めて夕刻から賑やかな花見の宴を始めた。武田軍を小ばかにしたような光景に、勝頼は、何事ならんと物見を繰り出してみたところ、織田、徳川の兵が酒盛りに興じ、踊りまわる者、歌をがなる者が入り乱れて大変なさんざめきである。

「我が方をなめきった振る舞いじゃ！　この機会を逃すでない。今宵深更、全軍密かに城を出て岩殿城に入り込む好機ぞ。急ぎ用意せよ」

武田勝頼の下知に、慎重を申し立てる重臣達の意向も叩き消され、武田軍は、寅の上刻、密かに城門を開いて一斉に城を出た。時に天正十年三月八日、武田勝頼は乾坤一擲の挙に出たのである。

織田、徳川連合軍は、宴会疲れで寝込んだ振りをして、武田軍の通過を見送り、易々と包囲を破らせた。

「してやったり！」

武田勝頼は馬上で大笑したが、合戦の準備を整えていた織田方は、総追撃に入った。万一、小山田信茂が約定を破れば、この作戦は惨めな失敗に終わる。しかし、徳川家康は自軍の情報網には自信を持っていた。

岩殿城に向かって驀進する武田本隊が、笹子峠に接近した時、ようやく東の空が白み始めた。山上の岩殿城に入れば、織田軍は容易に攻め破れないことを両軍は承知している。武田勝頼の顔に快心の笑みが浮かんだのも当然だった。

その時、武田本隊の前面で思いがけない異変が起こった。事もあろうに、岩殿城を固めている筈の小山田重茂が、全軍を挙げて武田軍に襲い掛かったのである。

「何事ぞ！」

目前の混乱に動転した勝頼が、小山田信茂の謀反に気付いた時は既に遅かった。武田軍は腹背に敵の攻撃を受けながらも、西南方向の田野に急進し、横に展開して決戦の構えをとった。信玄以来の猛将を擁する武田軍は、戦術に優れた勝頼の指揮の下、三日間に及ぶ壮烈な死闘を展開し、両軍の死傷者は数え切れず、天目山から流れ落ちる日川の水は真っ赤な血に染まり、合戦の三日後までその血は消えなかったと伝えられる。この川は三日血川と呼ばれていた。三日間に及ぶ激戦を闘った武田軍は、流石に強かったが、数に勝る織田、徳川、小山田軍に破れ、勝頼は夫人や長男信勝と共に天目山麓の田野村に於いて自刃して果てた。

「家康殿、ようしてのけられた！　心から礼を申す」

織田信長は永年の宿敵を排除出来、家康の手を取って抱き付かんばかりの喜びようであった。ところが、勝利に大きく貢献した小山田信茂は、主要な部将と共に斬首されてしまった。

「信長殿、何ゆえ約定を破って小山田殿を成敗なされしや？」

流石の家康も声を荒げて詰問した。信長は家康の目を凝視して言い放った。

「信茂にはこれまでの合戦で散々煮え湯を飲まされた。それに、予は裏切り者を許す訳には参らぬ。家康殿もこのこと先般ご承知のはずじゃが」

家康はそれ以上の言葉を呑み込んだが、信長の前途に暗雲を感じ取ったのである。

何はともあれ、武田の滅亡は織田信長にとって近年最大の慶事と言える。天下布武は大きく前進した。同時に、徳川家康の存在が信長の心中で急速に大きくなりつつあった。信長揮下の滝川一益、川尻秀隆、森長可等の武将達も、家康の戦略と知らされて内心舌を巻いた。

かつて信長は、織田家の人質であった頃の家康に対して高圧的に接し、厄介な戦には三河の兵を酷使し、家康の頭を押さえ込んできた。それは、己を超えそうな才覚の持ち主に対する怖れの裏返しともとれる。そんな信長に対し、家康は薄気味悪いほど無抵抗に見えた――少なくとも表面上は。

家康の長子、信康とその母築山の局は、織田信長の冷酷な性格を怖れ、徳川家の前途を危ぶんで武田信玄に相談を持ち込んだことがある。それを耳にした信長は、家康を排除するために、この噂を利用した。〝武田信玄と通じようとする信康と築山をいかに処断するや！〟と迫った。家康はこの噂を信じたわけではないが、自らの判断により直ちに涙を呑んで二人に死を与えた。この時、家康は、愛妻と我が子の命を奪ったのは信長である、と心中深く思い決めざるを得なかった。

徳川家康の生涯で、最も忘れ難い苦渋の選択であり、一族生き残りのための唯一の道であった。信長が徳川家の抹殺を企てていることを直感した家康は、二人の助命を懇願せず、死を与えて信長に伝えた。

「申されるまでもなく、処断すべきと思うておりました故、それがし一存にて両名を死罪といたしました」、――と。

家康は、事を一族内部の不祥事として処理し、信長に一言の侘びも入れなかった。信長は肩透かしを食わされた形になった。この辺りから、信長に対する家康の慎重な対応が強化されていったと考えられる。家康にとって信長は決して尊敬に値する人物ではないが、前進を続ける信長の舟に乗っていることが自分の将来にとって今のところ最良の道であると決心していた。しかし、その船の水夫になる気持はさらさら持たなかった。いつでも下船する意思を秘め、信長に対し臣下の礼は取るまいと決めた。

武田滅亡の直後、徳川家康は直属の探索方を京とその周辺に配備した。その探索方の頂点に立つのが服部半蔵であり、配下の中心、山並源三とましらの藤次が数名の部下とともに、京の南の深草村にある徳川の隠し砦に潜んだ。この探索方こそ、武田攻めの最後となる情報をつかみ出した面々である。

山並源三は、得体の知れない剣の名手で、若かりし頃は忍びとして諸国を渡り歩き、二十五歳の頃服部半蔵の配下になった。この男は、信楽に送られる途中の小源太が示現坊から聞かされた野伏せり仲間の一人、むささびの源三である。現在の年令は五十歳をとうに過ぎているが、体力は若者に劣らない。

ましらの藤次は、元々八瀬童子で、洛北八瀬村に生まれ、幼時から天狗と呼ばれる兵法者にみっちりと格闘技を教え込まれた。早がけ、遠耳、闇視、棒術などの得意技を持つ。年令は三十歳くらいで、遊女であった妻のりえと、〝わらじ屋〟という茶店を営んでいた。小柄で色白の童顔を見れば、とてものことに忍びの手練者とは思われない。

藤次は、京の七条河原で明智光秀の家臣達と諍いを起こし、三名をたたき伏せたところで、駆けつけた明智の十数名に取り囲まれた。その時、配下の忍び数名とともに偶然通り合わせた山並源三が藤次を助けたのが縁となって源三の配下になった。〝わらじ屋〟は何時しか徳川の隠し砦になり、店の裏側に武器庫や厩舎などが建てられた。

（三）

三月も終り頃になると、京の東山連峰の緑は益々色濃く萌えたち、陽光もまぶしいほどの春の気が京の都を包み込む汗ばむほどの季節になった。

そんなある日の昼下がり、佐橋小源太は清水寺の在る音羽山の岩陰で寝そべっていた。毎日、頭から離れないのは土岐に残してきた両親の事と、いつ何時突きつけられるとも知れない織田信長の処刑命令であり、加えて桐野一派の復讐も覚悟しなければならない。それもこれも、諦めの上の覚悟は出来ている。

小源太にとって、武田が滅亡しようが、織田信長の天下布武が一歩前進しようが、全く関わりのないことであった。今は、素晴らしい陶器を創ることだけが心の中にある筈だが、ふと気付いてみると、心のどこかに咲が入り込んでいる。顔を合わせれば通り一遍の挨拶を交わす、――ただそれだけだが――。だが、生涯嫁取りをする気のない小源太にとって、咲をどうこうしようという思いは無い。どうせ咲の父、奥田孫七郎は彼女を名ある武将の嫁にすべく京の雅を身に着けさせようとしている。

「馬鹿者！」

誰にとも無く小源太は怒鳴り散らした。

この時代の清水寺は、荒れ果てて廃寺同然の有様であった。この寺は法相宗の中本山で、興福寺に属している。古くは宝亀年間に、坂上田村麻呂と僧延鎮によって創建され、当初は清水観音と呼ばれていた。その後、大同元年に田村麻呂は平城天皇から長岡京の紫震殿を賜り、これを移築、伽藍を建立して清水寺と改めた。

寺は大いに栄えたが、権力を蓄えた寺僧が山門の徒と抗争を繰り返し、伽藍は兵火によって焼失してしまった。従って、寛永年間に徳川家光が現在の清水寺を再建するまで、寺院の面影すら留めていなかった。

小源太が岩陰で寝そべっていたと同じ刻限、紅梅屋の幸は気乗りのしない咲を無理やり連れ出して、こともあろうに清水寺の裏の森まで散策に来ていた。

鴨川を東に渡ることは、父の藤兵衛から厳重に止められている。藤兵衛は小源太にさえ鴨川の東側に足を踏み入れないよう警告した。まして、女人にとっては非常に危険な行動だった。この辺りは昼間でも人通りがほとんどなく、物盗りや女人を手籠めにする無頼の徒が頻繁に出没する。

「咲さん、心配要らんえ、清水はんの森で一休みしたらじきに帰るさかいな」

木漏れ日を顔に受けてしきりに咲の気を引きながら、幸は禁断の散策に興奮していた。二人は店の着衣のままで、頭から薄べりを被って、寺の南側に広がる森に足を踏み入れた。音羽の滝の水音が遠くなった。新緑の香りが心地よく鼻をくすぐり、時折鶯の鳴き声が耳に飛び込んでくる。

「小源太はんて、変わったお人やし」

幸は木々の緑を見上げながら突然小源太のことを口にした。

「そうですか？」

咲は、挨拶を交わす以外小源太と言葉のやり取りをしたことがないので、変わっているかどうか分からない。

「あのお人、嫁取りはせん言うたはるんどっせ、――面倒臭い言うて」

「そんなお人、どこにでもいらっしゃるでしょう？」

「そうやろか、あのお人、美濃の国から修行に来はったらしいけど、国許にでも好きな女子はんがお居やすのやろか？」

「そうかも知れませんね」

幸は、咲と話していると、なんともかったるく頼りない。小源太の風貌は女人の目を引く。太い眉、やや吊り上った鋭い目、真直ぐ通った秀でた鼻梁、引き締まった口元は、顔全体を凛々しく見せる。その頑丈な体躯と並外れた長身は、どう見ても陶工とは思えない。

「幸さん、あのお人がお好きですか?」

咲がややいたずらっぽく訊いた。

「あかん——あのお人はあたいを子ども扱いしはるよって嫌いどす」

そう言いながら幸の顔は赤くなっている。

「好きなら好きとあのお人におっしゃったほうが幸さんらしいと思います」

にこっと微笑んで話しかける咲の顔は、輝くように美しい。

「そないなはしたない事は言われへんし。あてはこれでも京おんなどす」

幸が気色ばんで言い返したその時、突如二人の前に三人の男たちが躍り出た。三人とも申し合わせたように、顔は無精ひげに覆われ、棕櫚《しゅろ》のような赤茶けた頭髪を肩までたらし、汗と垢にまみれた着衣を纏っていた。この辺りに出没するならず者に違いない。

「こらあうまそうなおなごや、とって食おうとは言わへん、ちょっと来て貰おうかい」

生臭い息を吐き散らし黄色に染まった歯をむき出して、二人の女人を取り囲んだ。周囲には人影は無い。平安時代から点在する古寺や神社以外、一面の荒れ野のこの辺りに立ち入る人は極く希である。真昼間だと思って油断したのがいけなかった。咲も幸も度肝を抜かれて立ち竦んでしまった。

「さあ、こっちへ来んかい!」

ならず者たちはいきなり二人に飛び掛り、無理やり森の奥へ引きずり込みにかかった。

このような輩に襲われ、手篭めにされる女人は数知れない乱世のことである。たとえ、偶然通りかかる人がいても、よほど腕の立つ者でない限り、助けることは出来ない。こんな連中は年中無頼の日々を送り、争いには慣れている。武家崩れの者も多い。淋しい森の中で襲われれば、助かる見込みは皆無に近い。

「きゃああ！　――助けてえ！　――」

咲がけたたましい悲鳴を上げた。幸は気を失ってならず者の腕に中でぐったりとしている。しかし、咲の悲鳴は空しく深緑の重なりの奥に吸い込まれて消えた。咲も、次第に身体中の力が抜け始め、意識が遠退き始めた。

ならず者たちは、二人の美女を森の奥へ運び込みにかかった。

その時、突然木漏れ日が乱れ、空から黒い影が音も無く舞い降りた。次の瞬間、幸を抱きかかえていた男が地面に転倒し、幸は男の手から転がり落ちた。

「やっ！　何奴！　――」

他の二人が咲を投げ出して身構えた。倒れた男はどこをどうされたのか、ぴくりとも動かない。頭上から降ってきた者は、鋭い目をならず者たちに向けた。その時、幸がようやく意識を取り戻し、うずくまっている咲にしがみついた。二人とも体の振るえが止まらず、一語も発することが出来ない。

ならず者一人を倒した男は、一応町人の風体をしているが、正体は分からない。蟹の甲羅のように扁平で皺だらけの面相は異様だった。身の丈は五尺にも達しない。

「なんや！　邪魔さらしたら命はないでぇ！」

ならず者の一人が怒鳴りながらみがまえた。怪異な男の眼が大きく見開かれ、意外な言葉が反っ歯でめくれ上がった唇から発せられた。

「黙れ！　痴れ者め！　――白昼女人を襲うとは不埒千万、早々に立ち去れい！」

初老の小男が武家言葉で一喝した。

ならず者たちは仲間一人を倒されて開き直った。

「やいやい！　お前こそ消えさらせ！　わいらをなめたら死ぬでぇ！」

叫ぶや否や左右から小男に飛び掛った。何時の間にか脇差ようの刃物を腰に構えた手馴れた反撃だった。

小男はふわり、とかわし、風の速さで僅かに動いた。〝ばしっ〟と乾いた音が二度、――そして急に静かになった。二人のならず者は地面に転がって動かなくなった。

幸と咲は、目の前の怖ろしい光景に息を呑んで硬直した。小男は、木の枝に引っかかっている二人の薄べりをはずして手渡しながら言った。

「怖ろしい面体をしておるが、それがしはならず者ではござらぬ。このような所へ二度と来てはなりませぬぞ。表参道まで送って進ぜよう」

小男と一緒に幸たちが歩き出した時、清水の裏山で女の悲鳴を聞きつけた小源太が、疾風のように駆けつけた。そして、化け物のような小男と歩いている咲と幸を見て仰天した。まさか悲鳴の主がこの二人とは思いも及ばなかった。地面にならず者たちが転がっている。

「どういうことじゃ？　これは？」

小源太は、腰に差した樫の棒を引き抜いて小男を睨みつけながら怒鳴った。

「小源太はん！」咲と幸は、左右からしがみついて泣き出した。

「小源太はん、このお人が助けてくらはったんえ」

幸が小源太にしがみついたまま顔を上げて説明した。

「これは失礼しました。私らは五条大橋西詰の陶器問屋、紅梅屋の者です。危ないところをお助けいただき有難うございました。何卒、ご尊名をお聞かせ下され」

小源太は深々と頭を下げた。

「いやいや、名乗るほどの者ではござらぬ。お気をつけて帰られよ」

言い終わるやいなや身を翻してあっという間に森の緑の中へ消え去った。

三人のならず者を素手で叩き伏せたと思われる手練の技は只者ではない、と小源太は思った。

一方、森の中を駆け去った小男も、樫の棒を構えた若者が発した殺気を思い出していた。

「只者ではあるまい――」とつぶやいた。

この小男は、徳川家康の探索方、山並源三で、後々小源太と深いかかわりを持つことになる。

小源太は、不思議な思いに捉われていた。あの小男は初めて見たような気がしない。しかし、以前に出会った記憶は無いが、頭のどこかに染み付いているような気がした。

（四）

「あの悪者たちは死んだのかえ？」

清水の坂を下りながら幸が訊いた。先ほどから小源太は怒ったような顔つきで一言も喋らない。

「死んではおらん、気を失うとるだけじゃ。骨くらい折れとるかも知れん」

「おお怖！」

幸が先刻起こったことを思い出して身震いした。

「二人ともたわけじゃ。金輪際あのような所に行ってはいかんぞ」

怒気を含んだ声で小源太がたしなめた。

「あい」

甘えた声で幸が答え、咲も頷いた。

「けど、助けてくれはったんはあのお人やのに、小源太はんはえろう威張らはる。かなわんわあ」

幸が反抗的に言い返した。

第三章　京の都

「別に威張っとらん、助けてくれる人がおって大事に至らずにすんだが、女人だけであのような所に行くのはとんでもない事じゃ。じゃから腹が立つ」

幸は押し黙ってしまった。叱られて当然である。

三人が建仁寺の近くまで来た時、小源太は勅使門の陰に立っている武士に気付いた。その武士は頭に笠を載せ、ぶっさき袴の腰に赤鞘の長剣を落とし込み、すざましい殺気を小源太に送りつけて来た。

〝桐野の追っ手？〟、と直感した。

京での楽しい日々を過ごすうち、いつの間にか忘れていたことが蘇った。桐野の追っ手や中条流の門弟たちが自分を追って京にやって来ても不思議ではない。

案の定、その武士は半町ほどの距離を保ちながら三人のあとを歩き始めた。あれこれ喋り散らす幸の声が耳に入らなくなった。

五条大橋の中ほどまで来た時、小源太は言った。

「俺はもう少しその辺りを歩いてくる、今日のことは誰にも言わんから安心しろ」

二人の女人は頷いて橋を渡って行った。

小源太は突然踵をかえすと、川端通りの方へ戻り始めた。その目先を白い蝶が二匹、もつれ合いながら横切るのが見えた。都は春たけなわである。陽春の光が温かく降り注ぎ、陽は少し西に傾き始めていた。

そのまま橋の東詰まで戻り、鴨川の堤防に沿って上流の方へ歩き出した。先ほどの武士があとを尾けて来るのを構わず、三条大橋の所で右折し、粟田口の方向に向かって歩を速めた。

小源太は、どのようにして相手をまくか必死で考えながら歩いたが、この辺りで人通りは途絶え、武士は急に間隔を詰め始めた。小源太は更に歩を速めて二町ばかり走り、突然右手の脇道に駆け込んだ。

「しまった！」

その道は行き止まりの袋小路だった。あわてて辺りを見回したが抜け道は見当たらない。左側は半ば崩れた土塀で、荒れ寺が雑草の中に建っていた。傾いた門に興蓮寺とかかれた古い木札がかかっている。

小源太は仕方なく立ち止まった。まさか寺の庭に逃げ込むわけにはいかない。武士も三間ほどの距離を置いて歩みを止めた。小源太の駆ける速さに付いてきた武士は、かなりの手練者に違いない。

「わたしに何かご用がおありか？」

覚悟を決めて小源太が訊いた。

「佐橋小源太、よもやこのわしを忘れはすまい」

言いながら武士がゆっくりと笠をとった。

「あっ！」

その面体は、かぶと坂で死んだはずの寺島幸四郎であった。

「鈴鹿では油断して不覚を取った。貴様のお陰で傷を癒すのに二ヶ月もかかった。今日こそ間違いなくその方を斬る」

強烈な殺気を放ちながら寺島幸四郎は徐々に間合いを詰め、静かに抜刀した。一部の隙も無い構えは、かぶと坂の時と全く違う。まだ一刀一足の間合いの外にいるが、小源太を上方から押さえ込むような上段の構えである。この前は自分をなめてかかった相手の隙を衝くことが出来たが――。

「桐野伊兵衛の件は、信長の裁定でけりが着いておる。それを遺恨に思うのは納得出来ぬ」

やや憤然として小源太は言い返すと同時に腰の棒を引き抜いた。

「たわけ！　桐野のことはどうでも良かろう。拙者は、兵法者として剣の決着をつけねばならぬ。兵法者としての誇りにかけて貴様を斬る！」

小源太に敗れるまで負けを知らなかった寺島幸四郎の自負心が、強烈な殺気となってこの兵法者を駆り立てている。

「ばかばかしい！　剣の道など俺には何の関わりも無い。俺は陶工じゃ！」

この言葉が幸四郎の殺気を爆発させた。

いきなり跳躍した幸四郎の剣が、脳天を目掛けて落ちてきた。かぶと坂での剣勢とは全く違った。しかし、小源太は紙一重でそれをかわし、後方に飛び下がった。簡単にかわしたように見えたが、小源太は必死だった。

小源太は、樫の棒を左手にぶら下げたままである。剣でも木刀でも、両手で構えれば腕に余分な力が入り、握力を減退させる――と、師の塚原彦八から教えられた。寺島幸四郎は、必殺の剣をかわした相手に改めて瞠目し、怪異な野生を感じ取った。

かぶと坂では二の太刀と変則水平斬りをかわされ、飛電の速さで投げ飛ばされて負けた。一方、小源太は初太刀を辛うじてかわしたものの、二の太刀をかわせるかどうか自信は無い。

そのまま両者は静止した。

逃げる方策だけを考える小源太は、己から仕掛ける気は無い。後の先をとられる怖れを感じ取っている幸四郎は慎重になった。およそ四半刻、陽光を浴びたままの対峙が続いた。

静止していても、強いられる緊張は計り知れない疲労を誘う。正眼に構えた寺島幸四郎は陽の輝きを正面から受けている。このままでは不利である。決着を急がねばならない。

土塀の小さい無数の穴に出入りする蜂の羽音だけが辺りの静寂を破って耳に入る。幸四郎は一か八かの二段突きを決心した。過去、この剣法で数名の強敵を倒してきたが、失敗すれば命を失う恐れがある。

それは、最初七分の力で突きを繰り出し、相手がかわした瞬間を捉えて、そのまま剣を引かずに渾身の力を込めて二段目の片手突きを入れる。二段目の突きは、相手の意表をついて五寸も長く間合いを突き抜ける。未だこの突きをかわされたことはないが、万一かわされると致命的な斬り込みを浴びることになる。

幸四郎は攻撃に出た。軽い突きの直後、

「とお！」

裂帛の気合とともに二段目の片手突きを入れた。

「あっ！」

不意を衝かれた小源太は、反射的に地面を蹴って後方に力一杯跳躍した。しかし、身体の平衡を失って、崩れた土塀の間から雑草に覆われた寺の庭に落ちて転倒してしまった。不運なことに、そこは絡み合う葛の蔓が新芽を吹く窪みだった。

「しまった！」

必死に立ち上がろうとしたが、両足を蔓に絡まれて動きがとれない。

「下郎！　覚悟せい！」

飛び込んで来た寺島幸四郎は、上段から力一杯斬り込んだ。九分九厘の勝を確信した一撃だった。しかし、窪みに倒れこんだ相手を斬り伏せようと焦る一念から、己の上体が伸びきったまま飛び掛った。そこに、ほんの僅かな隙があった。相手は、殆ど無意識に捨て身の反応で樫の棒を右から左に恐るべき速さで一閃させた。

そして、あと半寸の差で幸四郎の両手首を痛打した。

「ばしっ――」

不気味な音と共に幸四郎の太刀が宙に飛び、その身体は小源太の左横に頭から転がった。ようやく立ち上がった小源太は、寺の外へ走り去ろうとした。

「待てい！　わしの負けじゃ、勝負は終わった、暫らく待てい」

寺島幸四郎の苦しげな声に、小源太は振り返った。幸四郎の両手首はいびつに曲がっている。おそらく、骨が砕けたのであろう。

「そちの剣は何流じゃ？」

その声は苦痛に震えているが穏やかであった。

「流派など無い。おれは陶工じゃ」

憮然として小源太は答えた。世の兵法者たちが、流派を名乗り合って命を懸ける馬鹿馬鹿しさを心から軽蔑している。

「そうか、わしは兵法者でもないそちに二度までも敗れた。赤恥をさらしてしもうた、これまでじゃ――」

言いながら幸四郎は、僅かに動く左手で脇差を抜き、それを首筋に当てていきなり前に突っ伏した。鮮血が三尺の高さに吹き上がった。

「あっ！　何をする！」

驚いた小源太は、二三歩前に駆け寄ったが、もはやどうすることも出来ない。

「たわけたことを――」

凝然として寺島幸四郎を見つめる小源太の耳に、突然、人の声が落ちて来た。

「すざましい決闘じゃったな、そなたの若さが勝を収めたようじゃ」

いつの間にか本堂の濡れ縁に白い髭を垂らした老僧が立っていた。この寺の和尚らしい。

「あっ！　――庭を汚し申し訳ないことをしました。何卒ご容赦下され」

驚いた小源太は深々と頭を下げた。どうやら、先ほどから両名の立ち回りを見ていたらしい。

「何の何の、荒れ寺の庭じゃ、一向に構うことは無い。その者は、小坊主に命じて裏の無縁墓に埋めて進ぜよう。乱世のことじゃ、時々行き倒れや訳の分からん死体がころがっとる。当寺の無縁墓は大賑わいじゃよ」

「私も手伝いまする」

「いやいや、小坊主は二人おるでな、半刻もすれば済むことじゃ。わしが戒名を決めて墓標を書いてやろう。その後でお主も線香を手向けてやるが良かろう。それまで、茶でも進ぜよう。さ、本堂へ上がりなされ」

有無を言わせず小坊主を呼んで遺体の始末を命じた。そのまま寺を去ることもならず、本堂に上がった。外見と違い、内部は塵一つ留めず畳も板敷きも須弥壇《しゅみだん》も、見事に掃き清められていた。

「信楽の陶工、佐橋小源太と申します」

本堂に落ち着くと改めて挨拶をした。

「陶工じゃと？　それはまことか？」

和尚は穴の開くほど小源太の顔を見詰めて訊いた。

「はい、生まれは美濃の土岐で、作陶修行のため、昨年の秋に信楽に来ました。今は、五条大橋西詰の陶器問屋、紅梅屋にて商いを習うております」

「さようか、で、あの仏の名は？」

「寺島幸四郎と名乗っておりました」

「なんじゃと！　寺島幸四郎となな！　まことその通りなら、奴は人斬り幸四郎と呼ばれておる中条流の怖ろしい手練者じゃ、そいつを打ち負かす腕を持っているそちは、陶工とは思えんぞ」

「陶工に間違いありませぬ。剣は、理不尽な武士共から己を守るため少々修行いたしました」

「わしはお主らの勝負を初めから見ておったが、力はそちの方が上と見た」

「とんでもございませぬ、相手が詰めを急ぎ過ぎたお陰で命を拾いました」

「いやいや、わしの眼はな、いささか剣に詳しい。こう見えても剣を習うたことがあるでな」

和尚がそう言ってにーっと微笑んだ時、小坊主が茶碗と大振りな急須を持って来た。そのあと皿に盛り上げた里芋とこんにゃくの煮っ転がしを二人の前に置いた。

「ちと遅いがわしの昼餉じゃ、冷茶でも飲みながら付き合うて貰おう。そのうち、墓も出来るじゃろう」

気がつくと、朝餉を食べたままで空腹だった。

「これは、――重ね重ね造作をおかけします」

「さ、遠慮せずに付き合いなされ」

武家言葉を交えて話す和尚は、それぞれの茶碗に冷茶を注いで微笑した。

喉が渇いていた小源太は、茶を一気に喉に流し込んだ。それは酒だった。

「どうじゃな？　冷茶の味は――」

「これは結構な味です」

「わっはっはっ、わしは生臭坊主でな、禁欲は性に合わんのじゃよ」

和尚は前歯が二本抜けた口を開いて笑い飛ばした。

「そうじゃ、わしも名乗らずばなるまい。名前だけは申し分なく立派でな、賢了と申す。賢人の賢と了見の了じゃ」

和尚の言葉に小源太の目が光った。

「賢了殿と申されまするか、――ではお尋ね致しますが、酒井予之介殿をご存知でしょうや？今は亀山の光専寺の住職をしておられて、示現坊と名乗っておられまするが」

今度は賢了が眼をむいた。

「酒井予之介とな！　これは又懐かしい名を聞くものじゃ、知るも知らぬもずうっと昔、野伏せりをやって暴れ回っとった頃の仲間じゃ、もう一人のむささびの源三と三人でな。お主、何故予之介を知っておるのじゃ？」

「やはりそうでしたか、予之介殿とは土岐から信楽に参る途中、光専寺で一泊の宿をお借りした折、知り合いました。その折の昔話で賢了殿と二人のお仲間のことを耳にしました」

そこで、示現坊から聞いた話を詳しく説明した。

「ふうむ、予之介も僧籍に入っておったか、もう三十年の余も会うておらん。それにしても、世間は狭いものじゃ。わしは五十を過ぎて遠くへは行けんが、書面を送ることにしよう」

小源太は、示現坊の昔話に出て来た賢了和尚との不思議な出会いに驚かざるを得ない。

「重ねて訊くが、まっことお主は武士の家に生まれた武士の血をひく者ではないのか？」

「陶工に間違いありませぬ。武士は命のやり取りのために剣の腕を磨きます。町屋の人々は威張り散らす武士たちに脅され、時には命を手折られます。一日一日を必死に生きる人々にとって、武士は怖ろしい者共です」

「お主、えろう武士を憎んでおるようじゃのう、何故じゃ？」

「私の母は武士に手篭めにされて生涯を不幸にされました。私は、武士のおらん世の中を夢見ております」

「武家政治がいかんのじゃな。領主どもは土地の取り合いに懸命じゃ。そのために武士が役立つ訳じゃ。人を殺し、村や町を焼き、田畑を踏み荒らし、寺社を焼き払う。どうにも許せんのう」

「そんなことを夢見る私が、人の命を奪うて賢了殿にえろう迷惑をかけてしもうた。お恥ずかしい限りです」

「それは違うぞい、寺島幸四郎は自刃して果てたのじゃ。敗れたからといって己の命を己で絶つのは愚の骨頂じゃ」

「それにしても、とんだことになってしまいました――ところで、野伏せり仲間のもう一人のお方はどうしておられましょうや?」

「むささびの源三か、――さあてな、あの男は一番強かったが、頭も鋭い男じゃった。生きとるのか死んどるのか分からん。もし生きとるのなら三人で昔話をしたいものじゃ」

賢了和尚は、遠くを見晴るかすような目つきになって考え込んだ。二十歳前後であった三人の野伏せり達は、すでに五十歳をこえている。時の流れは驚くほど速く、人の一生は果かない。それだけに、大切な一生は天寿の尽きるまで平穏無事に過ごしたいものである。

陽が西に沈もうとする頃、小源太は幸四郎の墓に香華を手向けた後、興蓮寺を辞した。別れ際に賢了和尚が言った。

「よいか、お主と私は十年来の知己のように思われる。せいぜい冷茶を飲みに来るがよい。本日の寺島幸四郎のこと、構えて気にするでないぞ。天命を己の手で絶つような痴れ者のことなど思い悩むまいぞ」

和尚は小源太の心中を思いやってやさしく諭した。しかし、寺島幸四郎との決闘は忘れることが出来そうにない。何か鈍重な物を飲み込んだような憂鬱は容易に消えないだろう。

第四章　変転

（一）

四月初め、陶器を運んで来た茂助とともに小源太は信楽に戻った。商いの修行は年月がかかる。当分は信楽と京を往復することになる。勿論、いつ何時織田信長から呼び出しがあるかも知れない。その覚悟は決まっている。

京では客先を回り、商いや納品の手順を習った。

小源太は、寺島幸四郎との戦い以来、樫の棒を持ち歩くことはやめた。もし、棒を持っていなければ闘わずに逃げ、相手は死なずに済んだかもしれないし、心の重みを背負い込まなかったはずである。己の俊足を以ってすれば間違いなく逃げ切れた。

棒を持っていたばかりに、闘う下心が無意識のうちに湧き出たと思う。尾けて来る幸四郎の様子を探りながら歩いた自分は、兵法者になっていたのではないか？　相手に対する憎しみを持っていたのは事実である。そこまで考えて愕然とした。

あの日以来二度賢了和尚に会いに行ったが、その都度幸四郎の墓前に手を合わせた。和尚は二人の争いには一切触れないし、自分もあの忌まわしい出来事については誰にも話していない・

「なんや、元気ないな、どないしたんや？」

物思いに沈む小源太に茂助が訊いた。

「なんでもない、ちょっと疲れただけじゃ」

「ふううん、お前でも疲れることがあるんか？　やっぱり、都は人の数が信楽の何万倍も居よるからな、ま、河合窯に帰ったら疲れもとれるやろ」

茂助と話していると、なんとなくほっとする。京の喧騒は自分には合わないのかも知れない。信楽で作陶して日を送る方が心が休まると思う。勿論、信長からの呼び出しが来る迄のことである。

夕刻、河合窯に帰ってみると、窯場に河合隼人の妹の小百合がいた。しばらく見ないうちに女らしくなったような気がする。せっせと作業場の掃除をする小百合は、確かに以前と変わっていた。

「お帰り、土岐から文が来てるよ」

小百合が分厚い文を手渡してくれた。

「文のやり取りは禁じられているはずじゃが？」

「吉岡さんが土岐の近くへ行った時、佐橋窯に立ち寄って預かってきてくれたそうよ」

飛びつくように文を受け取り、急いで封を切った。

見慣れた父直正の文字が目に懐かしい。そこには、家族の無事が書き連ねてあり、母の芳乃は、小源太が去って後の二ヶ月ほどは淋しさに泣き暮らして、夕暮れになると、〝ひょっとして、帰って来るのではないか〟と西の方角を見詰めて家の前に佇む毎日であったが、年が明けてからは落ち着いてきたから安心するように、と書いてあった。

三月の末に吉岡藤十郎が佐橋窯に立ち寄り、小源太の無事を伝えるとともに、この文を預かってくれた旨、が記されてあり、長い文の終りに、信長様を信じ、決して早まったことをしないよう、懇々と諭してあった。

手紙を読み終わった小源太の目から、とめどなく涙が零れ落ちた。あらためて、己の親不孝さ加減が悔やまれる。親子の情愛には終りがない。彼自身、土岐の両親のことを思わない日はないが、その何十倍もの親心が文に込められていた。

茂助と小百合が小源太から手渡された文を読んだ。両名とも事情を知っているだけに、両の目に涙を溢れさせた。

「親ちゅうもんはありがたいもんや、早う大手を振って土岐に帰れる日が来たらええのになあ」

読み終わった文を見直して茂助が呟いた。

小源太は、蛙の泣き声が騒がしい窓外に目を向けた。涙が又一筋頬を伝って落ちた。

天正十年も五月に入ってから雨の日が少なくなった。空梅雨が心配される。空気が乾いて夏の到来が早いかも知れない。信楽の河合忠邦とその一党は、織田信長直属の探索方であり、信長の家臣である。甲賀や伊賀の忍者とは何の関わりも持たない。信長の命により方々に潜入し情報を集める。

今、樋口勘兵衛は愛馬の疾風と共に紅梅屋から姿を消したまま不在であり、河合忠邦は安土城下に滞在し、他の武士たちは畿内各地に出かけている。信長の天下布武が終盤に近づき、非常に多忙である。従って、信楽には武士の姿が無い。

小源太は、茂助と共に作陶に明け暮れる静かな日々を取り戻し、夜は時々二人で酒を酌み交わした。

五月十五日、徳川家康が織田信長に招かれて安土の徳川屋敷に入った。武田攻めの功により、既に駿河一国を与えられた家康は、今や織田家の東の要としての地歩を固めつつある。信長は、盟友？　家康の協力を心から感謝し、歓待の機会を設けたのである。

安土城は、近江の国安土村豊浦にあり、沖ノ島、奥島が浮かぶ琵琶湖の内湖を望む安土山の頂上に七層の天守を聳え立たせている。信長自身は天守を天主と呼ばせている。天下の主をすでに強く意識しての事と思われる。その城の六層目の六角形をした鮮やかな朱色の部分は、見る人々の度肝を抜く華麗さと異様さであった。

この城は、織田信長が丹羽長秀を総奉行として天正四年一月に着工し、六年一月に完成させた。その規模は広大であり、石垣の高さは十二間（約二十二米）を超え、二層目でさえ南北二十間（約三十六米）、東西十七間（約三十一米）に及ぶ。柱の数は実に二百四十本もある。

城内の襖絵は狩野永徳の作で、山水、花鳥、人物など多彩である。安土城は、天下布武の旗印のもと、日本国の統一を目指す信長の威光を放射する拠点と言える。天主に最も近い所に織田信澄と森蘭丸の屋敷があり、そのすぐ近くに織田信忠邸がある。堀久太郎、羽柴秀吉、前田利家、丹羽長秀らの屋敷は、一段下がった所に建てられている。何故か徳川家康の安土屋敷は、秀吉や利家邸よりも天主に近い所に設けてある。徳川家康を盟友と認める信長の配慮が覗われる。

信長は、家康と二人きりで最上階に昇った。ここからは四方があます所なく見渡せる。特に、琵琶湖側の景観は素晴らしい。茫洋と広がる湖面の彼方に、比叡、比良の山並みが美しく霞んで見える。

この日はからりと晴れ上がって、信長はことのほか上機嫌だった。なぜなら、家康ほどの武将になると、少なくとも三百の兵に守られて移動するのが普通であるのに、この度の家康は、本多平八郎、榊原康政、酒井忠次、石川数正、大久保忠世らの重臣たちを含め、僅か三十二名の少人数で安土入りしたからである。信長を信頼して、少人数でやってきた家康の行動がこの上なく嬉しかった。

しかし、家康は決して漫然と安土に来たのではない。信長は気性の激しい武将で、何か勘気に触れるようなことがあれば予期しない行動に出ることもある。したがって、万一に備えて安土周辺に数名の探索方を配置し、伊賀に二十名を超える隠密を待機させ、山並源三、ましらの藤次を中心とする服部半蔵配下の精鋭に自分の身辺を見張らせている。

「家康殿、この城をどのように思われるかな？」

琵琶湖の広がりに目を向けながら信長が訊いた。

「まこと、美しい城でござります」

家康は城の美しさを褒めた。

「では、敵に攻められた時、役に立つかな？」

「さて、厄介なお尋ねでござりますな」

家康は二重瞼の大きな目を信長に向けて呟いた。

「思うさまに言うてみられよ」

やや吊り上った鋭い信長の目にかすかな笑みが浮かんだ。上機嫌と見て家康は思い切った言葉を口にした。

「されば、安土山は丘に近い低さにござれば、平城同様攻めるに易く守るに難き城と思いまする。戦の折は、敵を安土に入れぬが得策と存じます」

信長はしばし瞑目して考え込み、不気味な沈黙が流れた。〝わしが心血を注いだ城を貶すか！〟と怒鳴られるものと思い、家康は覚悟した。思うさまを言えと言われたので意見を述べたまでのことである。

「家康殿、昔のことを憶えておられるか？」

一瞬の沈黙の後、突然信長が口を開いた。

「は——昔のことと言われると?」

「ずいぶん昔よ、わしが尾張の暴れん坊じゃった頃、家康殿は一時織田家に預けられておったな」

「はい——」

「わしは家康殿を苛めたり、からかったりしたものじゃ」

「——」

「家康殿は、むきになって言い返したり、時にはわしに掴み掛かってきた」

家康は人質として織田家で過ごした日々を思い起こした。辛かったが反面楽しくもあった。

「あの頃は、確かに信長殿は暴れん坊でしたが、私もひどう反抗したものです。今にして思えば楽しゅう懐かしい日々でした」

「わしも楽しかった。今のわしには、そのような相手は一人も居らぬ。どいつもこいつもわしの顔色を伺い、何を申してもご尤もとぬかし、本心を仕舞いこんでおる。それが淋しいのじゃ。わしの勘気がそうさせるのやも知れぬがな」

信長の目は底知れぬ孤独に沈んで見える。

「家康殿はこの城について思うさまを言われた。全く当然の意見じゃ。それが嬉しい。わしはこの城を戦に遣う気は持たぬ。天下布武の中心にする。ここを攻める敵はどこにも居るまい」

怖ろしいほどの自信である。

「実はな、わしは同じ問いかけを筑前にもしたことがある」

「秀吉殿に？」

「そうじゃ、あやつはな、敵に囲まれても鉄砲で狙い打つには格好の高さ、背後の守りは琵琶湖を控えて難く、これこそ難攻不落の名城でありましょう、と言いおった」

「それもまた一理ありと思われまするが」

まさか秀吉を非難するわけにはいかない。

「猿めはわしの心をなごませる術に長けておる。その術で足軽から這い上がって来おった。わしを喜ばせることが己の出世に繋がるから、何事もそのように話を進めおる。己のためにな。じゃが、家康殿は違う」

「――」

「筑前だけではござらぬ。他の者どもも似たり寄ったりじゃ」

信長の目には深いかげりがみえる。天下統一のため突き進む信長の心の中に、深甚な孤独の陰を家康は見た。心を開いて話し合う相手を、信長は失っていると感じた。しかし、そんな信長の思いには踏み込めない。信長と胸襟を開いて話し合うことなど出来ない。うっかり織田家臣の噂話に割り込むと、腹の中を見透かされる恐れもある。このとき、家康は孤独な信長の前途に一抹の危惧を感じ取った。

「家康殿、約定を破り小山田信茂を斬殺せしことは、勘気の至りであった。許されよ」

突然の言葉に家康は目をしばたたせた。

「過ぎたる事です、お忘れ下され」

「憎い武将であったが、己を抑え切れなんだ。予はその勘気ゆえに多くの人間を殺しすぎた。これまでの冷酷さがいささか悔やまれる」

「――」

家康は、思いもかけない言葉に絶句した。そこには信長の心の揺れと淋しさがある。

「わしには信忠、信雄、信孝の三子がおるが、どれもこれも不出来じゃ、わしの覇気も毒気も持ち合わせておらぬ」

「――」

「織田家の家臣同様に、思いのままをわしにたたき付ける勇気が無い、――実はな、昨年の秋、わしは或る若者に家臣たちの前で〝犬侍〟と罵られた。そいつを突き殺してやろうと思うたが、その場では殺せなんだ。後になってなんとも爽快な気分が心の底から湧いて来た。思いのたけをわしに叩き付けるこの若者のような子が居れば、――と思うた。そやつは土岐の陶工じゃが、野伏せりのような逞しい奴じゃよ」

「何という無礼な！　――で、その若者は？」

「わしが押し込めた所におるが、そやつの処分をどうするか、思案に困っておる。織田家の面目や家臣たちの手前、易々と命を助けるわけにもいくまい」

「まこと、そやつは難儀な若者ですな」

「とんだ繰言を言うてしもうた、許されよ。此度は心置きのう過ごされよ。光秀に接待役を申付けてあるゆえ、ゆるゆると楽しまれよ」

信長は穏やかな顔つきに戻って微笑んだ。

「これは勿体なきお言葉、痛み入りまする。明智殿にはご面倒をおかけいたします」

「なんの——日向は理屈ばかり捏ね回しおって、融通の利かぬ男じゃが、京や堺には詳しゅうござる」

家康は、信長を面罵した若者はどのような人物なのか、どんな経緯で無礼を働いたのか知りたかったが話を蒸し返す質問は控えた。

信長は明智光秀を、余り高く買っていないようである。光秀が信長に仕えたのは、十数年前の永禄九年であった。元来冷静で才気煥発な光秀は、美濃の国土岐氏の末裔で、若年の頃から諸国を遍歴して辛酸をなめた末織田信長に拾われた武将だが、根は文人に近い人物と評されている。

光秀が信長に認められたのは、永禄九年滝川一益に従い北国征伐に参加した折で、織田軍の勝利を願う真摯な姿勢が一益から信長の耳に届いた。その時、間接的にその真面目さと努力が信長に注目されたからである。

殊に、織田信長が将軍足利義昭を奉じて上洛した時、京の守護及び政務を見事に代行した手腕を高く評価した。しかし、光秀は非常に敬虔な仏教徒で、一向宗徒に対する残虐な仕打ちや、叡山の焼き討ちと僧侶虐殺には心を痛めていた。

織田家の家臣たちは殆ど例外なく信長の勘気に触れて屈辱的な叱責を受けているが、光秀は特にその度合いが酷かった。彼は、信長に接する上で至極要領が悪かったと考えられる。

主君に対する家臣たちの怖れ、恨み、不快感は大なり小なり彼らの心底にあって、その疲労感は計り知れない。盟友とされる家康にしても緊張度は小さくない。従って、己の本意を主君にぶっつける重臣、家臣はいない。それが信長の孤独につながっている。

（二）

天正十年の五月二十二日は、早朝から霧が深く立ち込めて、信楽の山野は明け方近くになっても乳白色の大気に包み込まれ、二間先も見究め難かった。生来早起きの小源太は、まだ薄暗い中庭に出た。

相変わらず蛙の鳴き声が喧しく辺りの空気を引っ掻き回しているが、中庭から母屋の建物すら見えない。その時、表門の外側から激しい馬の嘶《いなな》きと荒い息使いが聞こえた。空耳かと思ったが、再び嘶きが響き渡って何かが門扉に当る音がした。

急いで門扉に走り寄り、〝誰か？　――名を名乗れ！〟と誰何した。

するとーー。

「かーーかいもん！　ーーひぐちーーかんべえーー」

途切れ途切れの苦しげな声が聞こえた。

「勘兵衛どの？」

驚いた小源太は慌てて閂《かんぬき》を外し、重い門扉を一気に引き開けた。

霧が動き、その流れを割って勘兵衛の愛馬疾風がよろめきながら飛び込んで来た。同時に、馬の背にしがみついていた勘兵衛がぐらっと傾いて転がり落ちた。

間一髪、小源太がその身体を両腕に抱きとめた。この二月、一緒に京へ昇って以来、始めて見るその顔は、まるで十歳も老けたかと思うほど変貌し、蒼白で重量感も無かった。

探索方の中では最強の手練者と言われた勘兵衛は、腹と左肩に深手を負って虫の息だった。おまけに両目が赤く膨れ上がり、開くことが出来ない。

「勘兵衛どの！　お気を確かに！」

動転した小源太は、両腕に抱かれた体を揺すりながら耳元に口を寄せて懸命に呼びかけた。

「ここは何処じゃ？　ーーお主は？」

蚊の鳴くような弱々しい声がその口から絞り出された。

「ここは信楽ですーー小源太です、しっかりして下さい！」

何はさて置き、一刻も早く母屋に運び込んで手当てを、と思って勘兵衛を抱きかかえて立ち上がろうとした。

「ま、――待て！　――信長様に急ぎ注進！　――備中高松に異変！　仔細は懐に――」

「分かった、懐中の物を届けるのですね？」

「た、頼む、急げ！」

喘ぐ呼吸が次第に乱れ始めた。

「勘兵衛どの！　茂助！　小百合どの！」

小源太は大声を出して勘兵衛を励ましながら茂助と小百合を呼んだ。

その叫び声を聞いた二人が駆け出してきた。しかし、すでに勘兵衛の顔には死相が広がり始めていた。

「しっかりして下され！　――誰に斬られたのです？」

「や、やごろう――」

と答えたまま、勘兵衛の頭ががくんと傾き、息絶えた。

急にずっしりと重くなった身体を抱えたまま、小源太は慟哭した。享年四十二歳の急死だった。

〝やごろう〟だけでは何者かさっぱり分からない。探索方随一の手練者を倒した奴は、よほどの兵法者に違いない。

父親のように暖かく接してくれた勘兵衛に、どれだけ荒んだ気持ちを和らげられたか計り知れない。紅梅屋で別れてから僅か三ヶ月足らず、余りにも果かない死であった。

毛利軍の陣中深く潜入し、何か重大な情報を掴みながら敵の結界に捉えられ、〝やごろう〟なる者の手にかかって深手を負ったに相違ない。必死で脱出して安土か信楽に向かったまま、大量の出血により意識を失い愛馬が本能の赴くまま、ここにたどり着いたと思われる。

調べてみると、勘兵衛の太刀は血糊にまみれていた。おそらく多勢の敵と斬り合ったものであろう。その懐中には油紙に包まれた分厚い書状があった。これを敵の手に奪われなかったのは流石である。書状は可及的速やかに安土へ届けなければならない。

この朝、河合窯には一人の侍も残っていなかったが、小百合のてきぱきした指図により、茂助や女人たちの手で遺骸は母屋の奥座敷に運ばれた。探索方の落命はこの日に限ったことではない。しかし、河合窯の中での死を見るのは初めてであった。茂助はおろおろして振るえが止まらない。

「小源太、わいはこんなんかなわん、えらいこっちゃ」

「人が殺し合うのはいかん、早うこんなことは止めんといかんのじゃ」

小源太は心底腹立たしげに呟いた。

「茂助、わたいと小源太は安土へ行く。男はお前一人じゃ、しっかりせんといかんよ。弔いのことは安土から帰ってから色々せんならんからね。小源太はん、一緒に安土へ行ってくれるね？」

小百合が涙を手の甲で拭いながら頼み込んだ。

小源太は黙って頷いた。自分とは関わりの無いことだが、勘兵衛の死を見取り、最後の頼みを託されたからには、安土の河合忠邦のもとへ走るのは当然だと思った。

事は急を要する。町屋の者が馬に乗って走ると、どこで咎められるか分からないので、二人は侍の着衣に着替え、頭に笠を被って両刀を手挟んだ。そして、二頭の馬は裏口からようやく薄れ始めた霧の中へ風を巻いて走り出た。

小百合は巧みに間道を縫って走り抜け、馬をなだめながら一刻足らずで安土に入った。小源太は幼い頃から馬を乗り回してきたが、小百合の手綱捌きに内心瞠目した。

安土の河合屋敷は、黒金門の真下にある片桐玄右衛門という武将の裏側に設けられている。安土への道中、二人の間には会話はなかった。樋口勘兵衛がどこで何をしていたのか関知しないが、突然の死は全く予期しない出来事であった。しかし、勘兵衛が託した密書は怖ろしく重要な物と考えられる。


備中では羽柴秀吉が高松城に拠る清水宗治を包囲し、足守川を堰き止めて城を水攻めにしている。羽柴軍三万二千、清水軍一万三千の対峙である。清水宗治は毛利軍の先鋒布陣として非常に重要な高松城を死守し、城は容易に落ちそうになかった。

武田攻めを終えた織田信長の目は西の毛利に向けられ、落城督促の下知が頻繁に入り始めた。秀吉は半年余りもかかって抵抗を緩めない毛利輝元に手を焼いていた。もたもたしていると、小早川隆景を中心とする毛利本隊の反撃を食う怖れがある。

毛利輝元は元来強引な攻撃に出ない武将と言われるが、勝機が明らかになれば話は別である。勘兵衛が言った〝備中高松に異変あり〟とは、毛利本隊の反撃しか考えられない。小源太はそう思わざるを得ない。

山上に聳え立つ安土城を目にした時、小源太は一瞬顔をしかめた。化け物の住家に見えた。何のためにこのような建物を造るのか全く理解出来ない。

「これは化け物屋敷じゃな」

思わず漏らした一言に、小百合は驚いてこの逞しい若者の顔を凝視した。

丁度、息子の隼人、吉岡藤十郎と朝餉の膳に向かっていた河合忠邦は、小源太と小百合の突然の出現に奇異の目を上げて箸をとめた。

「何じゃ！　両名ともいかが致した？」

忠邦は二人の侍姿に眼をむいた。

「父上、今朝早く勘兵衛殿が瀕死の手傷を負うて信楽に戻られ、その直後他界されました。手の施しようも、――。」

「なに！　勘兵衛が死んだと！」

知らせを聞いた三人は凍りついたように固まってしまった。

小百合は、今朝方起こった事の次第と、小源太が最後を看取り、勘兵衛の言葉を聞き、密書を受け取った経緯を手短に報告した。そして、密書が小源太から忠邦に手渡された。

探索方の中心人物の死は、大きな衝撃であった。探索のため敵地に潜入する以上、もとより死は覚悟の上であるが、あれほどの手練者を失う痛手は計り知れない。

「これは直ちに信長様に届けねばならぬ。そのまま朝餉を食しながら待っておれ」

忠邦は密書を手に姿を消した。二人とも、出された朝餉に手を出す気がしなかった。突然の衝撃が食欲を押さえ込んでいた。

半刻も経たぬ間に忠邦が姿を現した。その顔は極度の緊張からか硬直していた。密書の中身が余程重大であるらしい。

「小源太、そのまま直ちに同道せい、信長様がお呼びじゃ」

いきなり言われたが、おそらくこの日をとらえて自分に対する処断も決まるやも知れぬと覚悟は出来ている。

「分かりました」

織田信長に呼びつけられたことにすんなりと納得して答えた。

黒金門まで、前田邸、羽柴邸、武井邸、織田信忠邸の前を通り、途中何度も短い急な石段を曲がった。

黒金門を潜り、更に石段を登って右に曲がり、次の二つの石段を過ぎて、左に入った所が二の丸の庭園であった。ここに信長の居所があり、庭園の隅に茶室のような建物が見えた。これは、直属の探索方が主君の命を受けたり、情報を報告する建物である。この建物と信長の居る御殿とは廊下でつながっている。

巨大な天主が右側に迫り、松の緑に美しく映えて大空の雲の動きを背景に、ゆっくりと移動しているように見えた。二人は建物の中で四半刻ばかり待たされた。

やがて、横手正面の襖がさっと開かれ、信長が一人で現れた。勿論、外の廊下には数名の護衛が控えているはずである。

神経質そうな冷たく光る目と高い鼻梁を備えた風貌は、土岐の古刹で見たのと変わらないが、その顔に微笑が浮かんだ。

「佐橋小源太、よう来た。本日は大儀であった。礼を申す。勘兵衛の書は予の命に関わる天の知らせじゃ。取り立てて、その方が勘兵衛を襲うた奴の名を訊いてくれたのは、予としては嬉しき限りであるぞ」

一気にまくし立てる信長の甲高い声には、一片の勘気も感じられなかった。信長は——やごろう——なる者を知っているらしい。

「さて、その方の裁きが遅れておったが、織田家の家臣を殺し、予を犬侍と罵ったる咎について、本日この場において裁決を申し渡す。覚悟は出来ておろうな?」

「はっ、とっくの昔に出来ております」

「そうか、先ず、女人を手篭めにせんとした桐野伊兵衛は、犬侍じゃ。殺されて当然、その主も犬侍と言われても致し方あるまい。じゃがな、この信長を家臣一同の前で罵るは、無礼千万じゃ」

「申し訳ありませぬ、恥ずかしき暴言でござりました」

「その方、言葉遣いが丁寧になったが、誰ぞにたしなめられたのか？」

「はい、樋口勘兵衛殿に何度もたしなめられました」

「そうか、惜しい家臣を失うて残念じゃ」

「信長様、処断の上の打ち首は覚悟しております。今直ぐ処断下さりませ、この半年、処断が延び延びになり、困っておりました」

「そうか、では裁きを申し付ける、忠邦もよう聞いておけ」

そう言って信長はしばし瞑目した。

松の梢を吹き渡る風の音がかすかに聞こえて来る。打ち首は免れぬと覚悟しているが、今となっては信楽での作陶や京での商い修行が夢に終わるのも残念である。しかし、そのような未練は捨てねばならない。短気な信長のことである、打ち首は今日この城内で行われるに違いない。土岐の両親も覚悟はしていようが、その悲しみを思うと胸が張り裂けそうである。

静寂を破って信長の声が響いた。

「佐橋小源太！　その方は本日只今、咎のすべてを許され、青天白日の身である。左様心得えよ」

「はっ？　――」

小源太はわが耳を疑った。思考がまとまらず、絶句してしまった。

「許されたのじゃ！　礼を申し上げぬか！」

忠邦の声に我に返った。涙が両目から溢れ出た。忠邦は何故か平然としている。

「あ、ありがとうございまする！」

「処断が遅れてその方や土岐の両親を苦しめたようじゃな。許せよ！」

「いいえ、めっそうもございませぬ。直ちに両親に知らせまする」

「うむ、それで、土岐に帰るか？」

「いいえ、土岐の窯は弟が継ぎます。私は、信楽に残って作陶に精進致しとう存じます」

「そうか、それにしても、その侍姿はよう似合うな。どうじゃ、予に仕えぬか？」

「それは、――ご容赦下さりませ」

「その方は武士を嫌うておるそうじゃな。ま、無理強いはすまい。気が向いた折には、何時でも遊びに来るがよい」

信長はあっさりと諦めの言葉を口にした。この若者のずば抜けた剣の腕前を聞いているだけに、家臣にしたいのも当然である。咎を許す代わりに家臣になれ、と何故強硬に恩を着せないのか、この日の信長は理解できない。最も理解できないのは、信長を面罵した罪が簡単に許されたことである。気まぐれとしか考えられないが、これで両親を安堵させることが出来る。

「予にその方の手を見せい」

唐突にそのようなことを言われて小源太は一瞬戸惑った。

「お見せするんじゃ、両手を前に出すように」

忠邦に言われて、おずおずと大きく逞しい両手を信長の前に突き出した。

その手を信長がいきなりがきっと握り締めた。これには忠邦も驚愕した。まして、握られた本人は心の臓が止まるほど全身が固まってしまった。織田家の重臣と言えども、信長に手を握られた者は一人も居ないはずである。

「大きな手じゃ、そちの手は逞しいのう。せいぜい励み、優れた陶器を作るがよい」

さすが豪胆な暴れん坊も、この時ばかりは全身が震えて止まらなかった。そして、これが生きている信長を見る最後となった。

信長が茶室を出て行った後、若い家臣の森蘭丸が一尺立方ばかりの包みを小源太に手渡した。

「殿からの預かり物です、お受け取り下され」

小源太は、忠邦に促されて頭を下げ、ずっしりと重い包みを受け取った。これは信長の謝礼で、忠邦は既に先刻このことは知らされていた。勿論、樋口勘兵衛の密書の内容も知らされ、それに関わる信長の下知も受けていた。

（三）

天正十年五月二十五日、明智光秀は、突如徳川家康接待役を解任され、密かに中国出兵の準備を進めるよう命じられた。表向きは接待不行き届きとされたが、それはあくまでも対外的な理由に過ぎなかった。

連日、京の都で贅を尽くした接待を受けている徳川家康に、備中の変事を悟られぬよう配慮する必要があった。接待の後任は長谷川秀一と決められた。

河合忠邦は、勘兵衛が命懸けでもたらした密書の中身を見せられている。信長の命により、吉岡藤十郎以下配下の主力十数名を備中高松及び毛利本隊の周辺に放った。同時に、信長は四国の長宗我部攻めのため、尼崎の大物に集結して下知を待つ丹羽長秀にも中国攻めの準備を指示し待機を命じた。

五月二十六日、信長は長男信忠を伴って本能寺に入り、その日の午後、家康を茶会に招待し、毛利攻めの仕上げをさりげなく伝えた。家康は、いつ何時でも自軍を以って合力する旨申し出たが、信長は感謝しつつも丁重に辞退した。

明智軍一万七千、丹羽軍一万二千で充分と説明し、自らも六月五日備中に発つ予定を伝え、六月三日の本能寺での再会を約した。そして、家康主従は五月二十八日、長谷川秀一の案内で堺に向かった。

堺は堀に囲まれた都市国家を思わせる美しい港町である。南蛮や中国との交易により、莫大な富を蓄えたこの町の利権を手に入れようとして、織田信長は攻め込んだが、自衛組織を牛耳る会合衆《えごうしゅう》が頑強に抵抗した。そのため、多くの犠牲者を出したが、最終的には信長に屈服せざるを得なかった。

会合衆は、一向宗と結託していたため徹底的な弾圧を受け、堺は過酷な税を課された。従って、会合衆の心底には今も尚深甚な恨みが内蔵されている筈である。家康は、信長の盟友である限り、この事実を心に刻んで堺の地を踏んだ。

堺に於ける家康の宿所は松井友閑邸に設けられた。茶人でもある松井友閑は、使僚として信長に仕えた人で、元々堺の代官を務め、天正八年本願寺石山城開城の折の目付け役であった。その屋敷は港に近い櫛屋町にあった。

会合衆にとって、松井友閑は本質的には相容れることの出来ない立場の人物であるが、この人は非常に温厚篤実な性格で、十人好きのする人柄は会合衆には信頼されていた。

一方、会合衆の主幹である今井宗薫は、永正十七年大和の国今井の生まれで、若くして茶道を極め昨夢庵寿林と号して将軍足利義昭に茶道を教えた。もう一方の顔は堺の商界を支配する豪商として辣腕を振るう人物で、後年は羽柴秀吉が天下人になってから、三千石の知行を得た。晩年仏門に入り、宗久と号して信長による弾圧で落命した人々の菩提を弔っている。

徳川家重臣の半数は堺入りに懸念を示したが、家康はどうしても、海外交易により莫大な富と南蛮文化を手中に収めた堺という都市国家的な町を訪れてみたかった。いささかの危険はいたし方無しと思い決めていた。

それでも用心深い家康は、松井友閑邸から程近い宿院町にある今井宗薫邸の周辺に数名の探索方を放った。

五月三十日、今井宗薫は堀に囲まれた城郭のような豪邸に家康一行を招じ入れ、盛大な歓迎の宴を催した。美しい松林が豪邸を海風から守っていた。

明けて五月三十一日、松井友閑邸で能楽が開催された。この日、今井宗薫は半年前から祖父の法事を予定していたため、出席を辞退した。法事のためか、高僧らしき人物と思われる豪華な黒塗りの駕籠が、十数名もの僧侶に囲まれて宗薫邸に入ったのは昼過ぎのことだった。

その豪邸の、海に面した松林の陰に佇んで僧列を見詰める二人の漁夫がいた。家康の探索方、服部半蔵の腹心、山並源三と、ましらの藤次である。

「あの僧列を何と見る？」

源三が藤次に問いかけた。

「いささか面妖ですな、法事のための坊主どもにしては足取りが早すぎる。武士と見受けられますが」

「さすがじゃな、あ奴らの身のこなし、歩み方は忍びと見たぞ！」

次の瞬間、二人の姿は松の幹を伝って深緑の中に吸い込まれた。

未だ蝉が鳴き競う季節ではないが、湿り気をたっぷり含んだ潮風が全身をべとつかせ、辺りは強い夏日が照りつけて人影も無い。

四半刻後、源三と藤次の姿は宗薫邸奥座敷の床下に見られた。松の木を伝って忍び込むのは何の造作もないが、それを白昼やってのけるのは容易ならぬ技である。

しばらくして頭上から話し声が落ちてきた。声は非常に聞き取りにくいが、遠耳のきく藤次は確実に聞き取れる。

「宗薫殿、かねてよりの事、いよいよ決行と相成った」

ややしわがれた声は、高僧に化けた何者かが発するものと思われる。

「それは又、急な――」

「仏敵はこれ以上のさばらせておく訳には参らぬ。信長は益々神がかって来おった。天下人にしてはならぬ。織田家重臣たちの忍耐も最早これまでじゃ」

「では、やはり隠居させまするか？」

『いかにも、いささか遅きに失したくらいじゃ。早急に信忠殿を立てねば悔いを残すことになろう」

「で、その手筈は？」

「六月二日早暁じゃ。本能寺にて捕らえるのは、この機を置いて他に無い」

とんでもない話に藤次は驚愕し、源三に耳打ちした。源三の目が大きく見開かれ、硬直が全身に広がった。吹き出る汗も全く気にならない。

「堺にとって信長の幽閉は願っても無いこと。かねてよりこの話は聞かされておりましたが、この度、遠路わざわざ拙宅までお越し戴いたのは何ゆえでしょうや？」

今井宗薫は一行の来駕を最近になって知らされたらしいが、直接手を下す立場でないだけにわざわざ堺まで知らせに来る理由が飲み込めないらしい。

「わざわざ堺まで参ったのは、信長幽閉を知らせる為ではない。他に重大な用があってのことじゃ」

「と、申されまするると？」

「徳川家康のことよ」

「家康殿――？」

「宗薫殿、家康は必ず天下を取る器じゃ。信忠など意のままに手玉に取れる。そうなれば、折角信長を隠居させても話になるまい。その家康は少人数の家臣を連れてこの堺に来ておる。このような好機は金輪際訪れぬであろう。まさに命を取る絶好の機会じゃ」

話は怖ろしい方向に進み出した。主君家康殺害が、この高僧の堺入りの目的だった。二人は全身を耳にして身構えた。

「お待ちくだされ、家康殿は会合衆や一向宗にとって何の遺恨もないお方でござります。お命を奪うのは非道でありましょう」

「もとよりそれは承知しておる。家康は我らにとって目の上の瘤、この機を逃さず始末せねば後々禍根を残すこと必定じゃ。お主に直接手を下せとは申しておらぬ。事が済むまで家康に気取られぬよう合力されたい」

「――」

宗薫は沈黙してしまった。

「今宵、我等の手練者が更に三十名堺に参る。この屋敷内に隠れ忍ぶ手筈を整えられたい」

「承知しました。して、信長の幽閉はどなたの手で？」

「明智殿に一任してござる」

「えっ！　――明智殿が大役を果たされまするか？」

「此度のことは織田家重臣の総意じゃ、今、京の近くに居らるるは明智殿と丹羽殿じゃが、この役、丹羽殿には重過ぎよう」

「此度のこと、丹羽殿もご承知ですか？」

「いや、用心が肝要ゆえ、主立った方々にだけ知らせてある」

「では、他にご承知の方々は？」

「羽柴秀吉殿、毛利輝元殿、前田利家殿に限られておる。じゃが、事が終わりし後、直ちに秀吉殿が重臣一同に根回しする手筈。重臣方はほとほと信長の勘気と専横には疲れ果てておられる。ご長男の織田信忠様を立てる事についての承諾は間違いあるまい」

今井宗薫は考え込んだ。信長の幽閉にはもろ手を上げて賛同出来る。しかし、徳川家康を抹殺する冷酷さは領けない。かと言って家康を逃がせば、己の人生は終わる。とんでもない天下の秘事を告げられた立場を考えると、錯乱しそうである。

「今一つ重大な事がござる」

謎の人物は一段と声を落とした。

「実はな、信長は幽閉の企てを知っておる」

「なんと！　では、此度の決行は？」

「知ってはおるものの、明智殿も同腹とまでは掴んでおらぬ。その証拠に、信長は明智殿に羽柴秀吉殿討伐を命じおった。信長のことじゃ、当然、毛利輝元殿にも秀吉殿挟撃依頼の手を打ったはずじゃが、これは叶う事ではない」

羽柴秀吉が毛利輝元と密かに話し合って主君の幽閉を策しているとは、思いもかけない事態である。樋口勘兵衛が齎《もたら》した変事とはこれであった。唯、明智光秀も加担している事実までは掴み得なかった。まして、その決行が六月二日払暁とは、神ならぬ身の知る由もない。当然、堺に遊ぶ徳川家康が命を狙われていることなど念頭にある筈がない。

怖ろしい企てをする奴は何者か？　山並源三もましらの藤次もそれを確かめたいが、床下からではどうすることも出来ない。まさか、白昼大屋根から天井に忍び入るのは不可能であった。

こうなれば、一刻も早く主君家康にこの危急を告げねばならない。しかし、頭上の声が続く限り動くわけには行かない。

「毛利はしかと合意しておりまするか？」

「いかにも、輝元殿は一切呑み込んでござる」

「では、織田軍と毛利軍の講和も？」

余りにも突飛な企てを訊かされて、宗薫はすっかり混乱している。

「すでに、両軍の話し合いは終わっておる。この際、心底では小早川隆景殿と折り合いの悪い高松城主清水宗治は講和の条件と称して切腹させることに決まっておる」

頭上の話によれば、六月二日寅の刻（午前四時）、明智光秀が本能寺に於いて織田信長を捕らえ、同じ刻限に今井宗薫邸に潜む数十名の手練者たちが徳川家康を討つことになる。松井友閑や山本秀一も抵抗すれば落命の危険がある。信長は幽閉の上隠居ですむが、家康は命を取られる。これは容易ならぬ事態である。

「して、信長の後はどなたが？」

「当然、ご長男の織田信忠殿を立てねばなるまい。ご当人には事後承諾戴くより仕方あるまい」

「それは、羽柴秀吉殿のご立案でしょうか？」

「まさかに、秀吉殿は最後まで猛反対された。当初は五月十日決行の予定であったが、秀吉殿を口説き落とすのに数日を要した。全ては重臣の総意による。兎に角、この一両日が大事じゃ。構えて家康に悟られぬよう頼みまするぞ。六月二日早暁までは、全て予定通りに接待されよ」

ここで頭上の声が絶えた。

『藤次！　いくぞ！』

同時に床下の二人も消えた。


この日の夕刻、服部半蔵から今井屋敷に於ける謎の人物と宗薫との談合の全てを聞いた徳川家康は、青天の霹靂《へきれき》に撃たれたように眼をむいた。

「迂闊であった！　わしとしたことが！　大変な油断じゃ！」

一言叫んで瞑目《めいもく》した。全身がかすかに震えている。これまで、戦場で命を落としかけたこともあった。しかし、それは覚悟の上のいくさ場だった。今は、一応の警戒はしていたものの、まさかこんな時に必死の窮地に陥るとは全く予期していなかった。

たった三十名足らずの供揃えでは手練者どもの攻撃は防げない。しかも、六月二日早暁には、更に多勢の敵がこの屋敷を包囲するのは目に見えている。

家康の頭は、この危機をどう切り抜けるか凄まじい回転を始めた。後年、家康はこのときの心境を「わが生涯における最悪の危急であった」、と側近に漏らしている。この堺から遥か遠く離れた三河に逃れることは、至難の業と言わねばならない。万に一つの僥倖も望めそうにない。

「重臣らをこれへ」

四半刻の後、呼び集められた本多平八郎、榊原康政、酒井忠次、石川数正、大久保忠世らの面々は、話を聞いた瞬間凍りついてしまった。

「各々、思うところを述べてみよ」

家康は、一同を見渡して言った。この武将は日頃から決して己の一存で事を運ばない。織田信長とは対称的である。かといって、重臣たちの意向に追従するわけでもない。夫々の意見を頭に入れて最善の結論を導き出す。

「されば――」

赤ら顔の石川数正が膝を乗り出した。

「我ら、何をさておいても直ちに堺を抜け出し、三河に走るべきかと存じまする。殿のお命に関わることなれば、一刻の猶予もなりませぬ」

「信長殿を見捨てて逃ぐるか？」

大久保忠世が巨体を揺らせて言った。

「信長殿は重臣たちに恐れられ、主としての信を失われた。自業自得じゃ」

榊原康政が吐き捨てた。

「その通りじゃ、しかも信長殿は隠居を強いられるだけで命を狙われているわけではない。わが殿は命の危険に曝されておられる。直ちに堺を出ましょうぞ」

本多平八郎も石川数正に同意した。

「ここは思案が肝要じゃ。六月二日早暁まで、後一日ある。一日の夜の宗薫邸での茶会が終わるまで、決して動いてはなるまい。そ知らぬ態度を貫けば敵は油断しよう。まさか、我らが、此度の敵の企みを掴んでいようとは知り得る筈が無かろう。下手に動けば墓穴を掘ることになろう」

家康が結論を搾り出した。

「成ろうことなら、信長殿に奴らの企みをお知らせしたいが、何ぞ手は無いかのう」

家康は独り言のように呟いた。

「誰かを本能寺に走らせましょう！」

石川数正が提案した。

「いや、それはならぬ、伊賀衆は信長殿に攻められ、多くの命を奪われた。彼らにそのような下知を下すわけには参らぬ」

家康は言下に拒絶した。

「ご命令とあらば手の者を――」

半蔵が申し出たが、家康は静かにその申し出を手で制した。こんな時にも信長の悲運がにじみ出てくる。

「先ずは、どのようにして堺を抜け出すか決めねばなるまい。信長殿は後日お助け申し上げることも叶うであろう、その努力を心に期して、手筈を決めようぞ。明一日の予定はどのようになっておる？」

「はっ、明六月一日は、堺の港から岸和田辺までを回る舟遊びがあり、夕刻から宗薫邸にて別れの茶会となります。茶会が果てるのは遅くとも戌の刻（午後七時）となりましょう」

本多平八郎が紙片を見ながら報告した。

「殿、明日の茶会は風邪と称して断られては――」

平八郎が必死の眼差しを家康に向けた。

「それはならぬ、茶会の席で襲われれば天の采配と思うて諦めねばなるまい。じゃが、本能寺と堺のいずれかを先んずれば、一つは成就に難を生じよう。相手はそれを考慮して同じ刻限に事を起す筈じゃ。予の推量が間違うておれば、その方らに詫びる」

「――」

「我らが楽しげに茶会に出れば、相手は心底油断するであろう。これは賭けじゃ。六月一日、亥《い》の上刻（午後九時）、堺を出る。この儀、しかと心得よ。異存あれば申せ」

一同はここで頷いた。

「よいか、堺周辺にも三河に至る要所にも、万一を考えて固い結界を敷いておると考えねばなるまい。じゃが、我らが何の屈託も無く振舞えば、相手も無駄な配慮を避けるはず、そこが付け目じゃ」

家康は、己の判断に天運を賭けるより他に方策は無い。その心底では三河への脱出は先ず不可能に近いと覚悟しているが、もはやそれは家康の表情からは読み取れない。

「そこで半蔵、堺から三河までの道筋じゃが、日頃から走り慣れた道を選び、熟慮の上、後刻予に伝えよ」

「承知致しました」

服部半蔵は一礼して退出した。

この日の夕刻、半蔵は綿密な手筈を考慮して脱出行の道順を決め、家康に報告した。

五月三十一日の夜は、流石《さすが》の家康も熟睡出来なかった。六月一日の朝日が昇る半刻ほど前に浅い眠りを得ただけであった。

織田信長は遂に重臣たちに見放された。信長の幽閉は天下の大騒動である。しかし、これも考えて見れば、あり得る戦国の世の習いかも知れない。首謀者が誰であっても、羽柴秀吉を始め、重臣たちが了承するのも当然と考えられる。おそらく、首謀者などいないかも知れない。言い出しっぺの意見が賛同を呼び込んだ可能性が高い。

天正十年六月一日、今井宗薫邸における別れの茶会は戌《いぬ》の刻少し前に何事も無く終わり、丁重な礼を述べた後、家康と重臣たちは松井友閑邸に戻り、密かに出立の準備を開始した。そして、出発の僅か半刻前、家康は友閑と長谷川秀一を離れに呼んだ。

「此度はえろうご厄介になり、改めて礼を申します。じつは浜松城に北条の曲者が潜入し、武器倉に火をかけたとの知らせが参りました。国境には大軍が展開しておるとのこと、急遽今宵三河に戻らねばなりませぬ。信長殿には連絡の者を走らせましたが、今井殿には今宵のうちはご内密に願いたい。あえて夜半にお騒がせ致しとうはござらぬ故」

かくして、徳川家康一行は亥の上刻（午後九時）堺の町から消えた。一説には、穴山梅雪も同行したと伝えられるが、そのような形跡は見られない。

堺から道明寺、八尾、四条畷、交野を経て、一行は六月二日丑の上刻（午前一時半）河内の国、津田村の専延寺に入った。この寺は奈良興福寺の末寺で、住職の知応和尚の出自は伊賀である。永年に亘り興福寺で修業した後、天正四年この寺の住職となった。元々服部半蔵の縁者につながる。

家康は、暫時の休息をとり、寅の上刻（午前三時過ぎ）伊勢の白子浜を目指して出立した。この寺で更に数十名の伊賀衆が合流し、隊列は百名近くなった。先導は山並源三、家康主従の馬の前後は服部半蔵指揮の伊賀衆、後詰めはましらの藤次という隊列であった。

第五章　本能寺

（一）

本能寺は本門法華宗の本山であり、日像上人の弟子日隆上人が応永二十二年に創建し、最初は本応寺と言った。創建時、五条坊門にあったが、天文十四年に中京区六角油小路に遷され、塔頭《たっちゅう》の数四十に及ぶ広大な寺域を占め、周囲は城郭同様、深い堀に囲まれていた。

織田信長はこの寺院の奥まった棟に寝所、武器倉、火薬倉などを設け、京における重要な拠点としていた。

いくら堅固な拠点とはいえ、僅か百名余りの家臣だけを伴って滞在するのは大変な油断であった。自分を襲う者など居るまい、という尊大な過信がそうさせたに違いない。織田家の重臣の何人かが幽閉の策を練っているのを知りながら、まさか明智光秀までが加担しているとは思い及ばなかったのが一期の不覚だった。

天正十年六月二日早暁、明智日向守光秀率いる精鋭一千が亀岡城を出た。本隊一万三千は城内に待機させた。老いの坂で、「敵は本能寺にあり」、と下知して全軍を挙げて殺到した、というのは古文書の作り事と考えられる。そんな大軍が京になだれ込めば、町は騒然となりたちまち織田方に気付かれて逃亡の機を与えてしまう恐れがある。

明智の先頭には、一騎当千の手練者が数名居た。逃亡、自害を防ぐため、開門と同時に密かに寝所に走りこむ役目を負っていた。亀岡城を発つ寸前、一隊には信長幽閉の旨は伝えてある。

明智光秀は、美濃の国土岐の低い身分から身を起こし、僅か四千二百貫の少禄から発して、今は丹波五十四万石を食む。要領の悪さから人一倍叱責、罵倒されたが、主君の命を奪うような無謀な武将ではない。織田家の重臣や家臣達に一目置かれている。

信長幽閉が織田家重臣たちの総意であると聞かされ、明智の家臣たちは素直に事態を受け入れた。主君に対する日頃の信長の冷酷な仕打ちが、深甚な憤懣となっていた。今回の幽閉について、明智軍が担当することに誇りさえ感じていた。


明智勢は静かに本能寺に近づいた。暁闇の空には星一つ見えず、辺りは墨を流したような暗闇である。鎧の下にじっとりと汗が滲み出る蒸し暑さの中を音も立てずに本能寺の表門と裏門に展開した。

信長は極端に暗闇を嫌った。寝所の二本の燭台は夜っぴて点けたままにしてある。折りしも涼風が静かに忍び入る明け方の快眠の中にあった。

「申し上げます、明智光秀殿ご来駕にござりまする」

駆けつけてきた家臣の言葉に、信長は耳を疑った。

「なんじゃと？　今、何刻じゃ？」

「はっ、寅の上刻（午前三時半）にござります」

「きんか頭め！　何用あってこのような刻限に？　――火急の変事か？」

「いえ、中国出兵の陣構えにつき、ご下命賜りたき儀これありと申されております」

「たわけめ！　今更何を？」

普段の信長であれば一喝して追い払うところだが、今は光秀が頼りである。眠りをさまたげられた爆発寸前の勘気をかろうじて押さえ込んだ。

「開門して暫し表庭に控えさせよ。いつまで経っても頼りにならぬ奴じゃ」

信長が衣服を改めようとして立ち上がった時、天井から数個の影が落ちてきた。

「――？」

不審に思って部屋の中を見渡すと、五つの人影が自分を取り囲んでいた。

「なに奴じゃ？」

訳が分からず誰何した。

「我ら明智様の家臣、お命頂戴仕る」

影の一人が押し殺した声を発した。

「おのれ！　きんか頭め！　命を取ろうとか！　――光秀が？　――出会え！　明智の謀反

じゃ！」

信長は大声で怒鳴った。明らかに明智の手練者に先んじた曲者と思われる。

その瞬間、影が四方から襲い掛かった。

信長は燭台を掴むと左右に振り回した。火の粉と油が飛び散る中で、腹と胸に傷を受けた信長は、奥の板戸を開けてもう一本の燭台を掴んだまま次の間に飛び込んだ。

影たちは無言で信長の止めを刺すべく後を追って奥の部屋に駆け込もうとした時、真昼のような閃光とともに大音響を発して火薬倉が信長とともに爆発した。

正にその時、光秀は寺の表庭に入って信長捕縛を待っていた。ところが、大爆発の直後、寺の本堂から思いもかけない叫び声があがった。

「おのおの、明智の謀反じゃあ！　外に押し出せ！　手向かう者は斬り捨てよ！」

それを聞いて光秀は絶叫した。

「謀反ではない！　殿に会わせろ！　――殿を確保せい！　――逆らう者はたたき伏せよ！信長殿を探せ！」

光秀は声をからして叫び続けたが、本能寺の境内は戦場のような混乱になった。何がどうなったのか全く定かではなかった。信長を捕らえるための手練者はどうしたのか？

やがて、夜が白々と明けそめる頃本能寺はすっかり焼け落ちてしまった。本能寺に詰めていた織田の家臣百五十名余は悉く討ち死にし、明智方は先鋒の手練者以下二十数名が落命した。必死の捜索も空しく、信長の遺骸すら見当たらなかった。

光秀は混乱した。幽閉の大役を担いながら果たせそうにない。大失態である。本能寺の爆発炎上は全く理解出来なかった。

「探せ！　抜け穴があるやも知れぬ！」

空しい下知を下しながら、この時になって妙覚寺にいた織田信忠が気がかりになった。

「誰ぞ信忠様の様子を見て参れ」

その命令と入れ違いにとんでもない悲報が届いた。

「信忠様ご落命！」

別働隊からの不可解な知らせに光秀は益々混乱した。ひょっとして、信長が妙覚寺に宿泊していたのではないか、という推量も外れてしまった。

「何者の仕業じゃ？」

光秀は絶叫した。

「分かりませぬ、近在の者の話では、我らが参上する四半刻まえ、何者かが攻め入った由にござります」

何者かが妙覚寺に先回りして信忠を殺害したことに光秀は気付いた。そうなると、本能寺も同様ではなかろうか？？？　寺の庭で待たされていた間に、謎の者どもが信長の寝所に忍び込んで襲い掛かったのでは？？？　あの爆発は信長が火を放ったやも知れない。

思い当たるのは明智方の手練者たちを倒した曲者が居たに違いないということである。しかし、それには何の証左も無かった。

この時点では明智光秀は己の失態ではなく、何者かの策謀であることは重臣たちに了解されると考えていた。手を下したのが自分ではないと説明すれば分かって貰えると判断した。

光秀は日が昇りきる頃、本隊を安土城に向けて進発させた。そのうち二千を京に入れ、計三千で京の治安に当らせることにした。何よりも先ず、羽柴秀吉に書簡を送り、事の次第を詳細に急報した。次いで、前田利家、丹羽長秀、神戸信孝、織田信雄らに知らせた。

当初から予定された織田家の重臣会議は六月十五日安土城となっている。それまでの申し合わせに従って、朝廷への奏上、京都五山への寄進、都の治安など、光秀は多忙であった。「織田信長隠居、信忠後継の報告のはずが、信長父子急死、後継は後日奏上」とされた。

天正十年六月二日払暁、燦然と輝いていた巨星が落ちた。織田信長は、己を幽閉しようとする動きを察知しながら、それを容易に抑圧出来ると過信した傲慢さから、その足元を予想だにしなかった明智光秀に掬われた。

全てが手遅れと知った時、短気が爆発して自ら死を選んだ。信長を襲ったのは謎の手練者に違いない。彼らも爆発によって散華した。享年四十九歳の一期は余りにもあっけなく幕を閉じてしまった。

もし、明智光秀が徳川家康討伐まで指示されていないとすれば、織田家重臣たちを動かしたのは何者か？　少なくとも、羽柴秀吉や前田利家は、しぶしぶ信長幽閉に同意していたはずである。それを飛び越えて信長の命まで奪った首謀者は何者か？　これは重大な謎である。

巧妙な計画によって、事を運ぶ謎の集団は、家康の逃亡に備えて六百の鉄砲隊を四条畷村の飯盛山、生駒山系の暗闇峠、二上山稜の竹之内峠、及び信楽の山中に配していた。そのどれかに遭遇すれば家康の命は無い。その前途は真っ暗だった。

（二）

六月二日早朝、信楽の河合窯はいつもと変わらない夜明けを迎えた。明智光秀と織田信長の中国出兵準備が終り、河合忠邦だけが信楽に帰着した。他の探索方は備中に潜入している。

佐橋小源太は早朝まだ暗いうちに起き出し、茂助とともに樋口勘兵衛の愛馬だった疾風を引いて土採場に向かった。夜はようやく白み始め、蛙の鳴き声が騒がしくなり始めた。二人が十町ほど来た時、右手の山間に蠢《うごめ》く人影が見えた。目をこらすと、下草の茂みに狩人らしい者がいる。

「何や、何をしとるんやろ？」

茂助が首を伸ばして覗き込みながら呟いた。

「見るな、怪しい奴らに関わってはいかん。黙って前を見て歩け」

「今頃、猪狩でもないやろ。おかしな奴らやな。何人ぐらいいよるんやるろ？」

「ざっと二百人くらいかな、又、戦になるとかなわん。馬鹿者どもが！」

小源太が小声ではき捨てた。

街道と彼らの距離は僅か数間に過ぎない。明らかに誰かを待ち伏せる鉄砲隊と思われる。日が東の山稜から顔を出し、背中に熱気を浴びせ始めた。右側は檜林で、左側は水田の広がりである。時折、虻が鼻先をかすめ、空気を引き裂くような羽音を投げつける。

八筈が岳から入道雲が僅かに頭を覗かせ始めた。今日も暑くなりそうである。疾風の背に汗が光り始めた。疾風は勘兵衛を襲った「やごろう」なる男の顔を見ているに違いない。

どのような手練者なのか？　――馬は答えることが出来ない。

そんなことを考えながら歩く小源太の遥か前方から、砂塵を上げて接近してくる騎馬の一隊が見えた。その先頭を駆ける騎乗の武士を見て小源太は息を呑んだ。それは紛れも無く清水寺の森で咲と幸の危難を救ってくれた、皺だらけの蟹の甲羅のような顔の男だった。相手も小源太を認めて一瞬手綱を絞った。

「やっ！　お主は紅梅屋の――」

「はい、陶工の佐橋小源太です。信楽で作陶し、時折紅梅屋に出ます。その節はどうも」

二人が話す間に後方の一団が追いついで来た。

「わしは山並源三と申す。先を急ぐゆえいずれまた」

一団は堺から脱出して来た徳川家康主従だった。

「お待ち下され！　十丁ばかり先の左側檜林に二百ほどの鉄砲隊らしき一団が忍びおりまするぞ」

小源太の言葉に源三は眼をむいた。

「なんと、よう知らせくれた。藤次、一つ走り見てまいれ」

源三の言葉が終わるか終わらない瞬間、藤次の姿は山側に消えた。

四半刻足らず後、藤次が駆け戻って来た。

「正体不明の鉄砲隊二百余り、忍びおります」

家康一行は、巧みに敵の結界を避けてここまで来た。だが、間違いなく敵の結界であろう、危ないところであった。

「よくぞ教えて下された、この辺りの道筋には詳しいゆえ少し戻って脇道を辿る。そなたの知らせこそ天の采配じゃ」

どうやら、狙われているのはこの一行らしい。

先ほどから、列の中ほどにいる武将が、穴の開くほど小源太の顔を凝視していた。その武将は山並源三の報告を聞くや否や、馬を前に寄せて来た。

「小源太とやら、今は名乗れぬがその方の知らせは予の一命を救うてくれたぞ！　この恩は生涯忘れぬ」

目の大きい、やや下がり眉の鼻梁豊かな四十がらみの武将は、礼を述べながら脇差を源三に渡した。それを差し出された小源太は戸惑ったが、断る隙も与えずその手に握らされた。

一行は静かに反転し、西の山陰に消えた。嵐のような出会いの中で聞いた源三という名前を思い出して、「あっ！」と叫んだ。その年恰好、風貌から、示現坊に聞かされたむささびの源三の姿が浮かび上がったからである。

「もうちょっとで、どんぱちが始まるとこやったな、それにしても、お前、変わった奴を知っとるんやな」

「静かな信楽で殺し合いはご免だ。田んぼも荒されるし、村人もとばっちりを受けるでな。あの変わった顔の武士は京で知り合うた人じゃ」

「ふうん、あの偉そうな人は誰やろ？」

「分からん、あんな偉い奴らが土地や権力を取り合うて殺し合いしよる。迷惑なことじゃ」

例によって小源太が吐き捨てた。

帰り道、鉄砲隊の潜んでいた所を通ると、彼らはまだ潜んでいた。すでに一刻になる。

（待ちぼうけじゃな）、と小源太は心の中で独りごちた。

二人が河合窯に戻ると、門内には異様な静けさが充満していた。庭には人影が無く、気味悪いほどの静寂が二人を包み込んだ。

「――？」

なにやら不審に思った時、庭の隅に干してある味噌漉しざるが乾いた音を立てて転がり、いたちがつつうっと庭を横切った。驚いた疾風が鋭く嘶き、静寂が破られた。馬の嘶きを聞きつけて母屋から小百合が飛び出してきた。

「小源太はん、えらいこっちゃ！」

小百合の叫び声は異様だった。

「どうしたんじゃ？」

「今朝方、信長様が亡くなられた！　――本能寺で明智光秀に殺されはったんや！」

「なにい！」

小源太は馬の手綱を握り締めたまま棒立ちになった。ついこの間安土で会ったばかりである。信長の声が生々しく脳裏に残っている。天下統一に向かって突っ走っていた信長が、もうこの世にいないとは容易に信じられない。もっとも、乱世には起こりがちなことではあるが、――。

「あんたらが出かけて一刻ほど経った時分にな、紅梅屋の藤兵衛はんが知らせに来はったんや。

信忠様も殺されはった」

「――で、紅梅屋の人々は?」

「京は上を下への大騒ぎらしいけど、紅梅屋は大事ないそうや、けど大店はみんな表戸を閉めて静まり返っとるらしいよ」

織田信長が殺されたとなると、重臣たちの間に争いがおこったり、他国の領主たちが天下を狙って京を目指すかもしれない。信長という要が無くなれば、天下布武の軍扇はばらばらになる。信長の禄を食む河合忠邦一党は明智光秀との対決を迫られるかも知れない。表向きは信楽の陶匠で通っていても油断は出来ない。

「いかんな――力で天下統一を推し進めるから敵を作ってしまう。武家政治では天下の和平は成らんのじゃ。力と力で事を決めようとするからこんな事が続く」

小源太は吐き捨てた。

「こむずかしい事は分からへんけど、奥座敷で父上と藤兵衛はんが話し合うたはるらしい。二人とも帰ったら直ぐ来るように言うたはる」

小百合の顔はすっかり蒼ざめている。

「明智光秀が信長殿を襲うたとは信じられない」

「それにね、堺に居はった徳川家康殿が敵側でなかったんなら、殺されたはるかも知れん、どないしても、逃げ切れんやろ言うたはった」

小百合の言葉を聞いて小源太は、脇道を駆け去った一団と、脇差をくれた武将を思い起こした。しかし、あれが徳川家康一行なら人数が多すぎる上、出会ったのが卯の刻（午前六時）だから話が合わない。堺から信楽まで、大駆けに駆けたとしても一刻半以上は掛かりそうである。家康は昨夜のうちに堺を出たことになる。

奥座敷では、河合忠邦、奥田孫七郎、紅梅屋藤兵衛が悲痛な顔を寄せ合って話していた。信楽には一人の探索方も残っていない。

「これは、我々の大失策じゃ。殿にはなんと言うてお詫びすべきか、言葉も見当たらぬ。まさか、光秀殿が敵方であったとは思いも付かなんだ。兎に角、殿の仇は討たねばならぬが焦ってはいかんぞ。光秀は我々の存在を知るまい。表向きは奥田窯同様陶器作りじゃからな。じゃが、明智光秀の後ろには織田の重臣どもがいることは分かっておる。それにしても、奴らが企んだのは信長様の隠居と信忠様の擁立であったはず、光秀を始め誰々が企みを破りおったのか分からぬ。我らは全力を上げて備中に全員を送り込んでおる、まさか、京で事が起こるとは――」

涙を流して語る忠邦の悲痛な声だけが座敷に流れた。

その時、小百合が小源太たちが帰ってきたことを告げに来た。

「そうか、直ぐ二人とも来るよう申せ」

忠邦は本能寺の変事について詳しく小源太らにも伝えるつもりらしい。

小源太と茂助が座敷に入って来た時、三人の視線が二人に向けられた。

「その方ら、本能寺の変事を聞いたであろうな?」

涙で赤くなった目をしば立たせて忠邦が訊いた。

「小百合どのから聞きました」

「そうか――残念ながら信長様と信忠様が他界された。今のところ、何が起こるか分からぬが河合窯は作陶で自立せねばならぬ。それはお前たち二人の力があってこそ叶うと思うが、益々励んで欲しい。主を失うて、我々探索方はその仇を討つことに当分の間全力を尽くさねばならぬ。その後は全員が陶工として生きるのじゃ」

忠邦は一語一語噛み締めるように声を強めて言った。

「お言葉ですが、仇を討つなどお忘れ下さい。討ったところで信長が生き返りませぬ。明日から作陶一筋に生きて下され」

小源太は昂然と言い返した。

「小源太どの、そんな――あなたはご存じないが、信長様は――」

顔を紅潮させ、目に涙を滲ませて藤兵衛が何か言おうとするのを忠邦が慌てて制した。

「小源太、信長様は事のほかそなたには寛大であった。何故かそなたを好いておられた。武士を嫌い、信長様の戦歴に眉をひそめる気持ちは分かるが、あのお方は孤高の人であった。多くの人命を奪うたことを悔いておられた。そちは、安土城で会うた時、殿の優しさを感じなかったのか?

今は亡きお方じゃ。我らは武士、その道を守り、仇を討つ。それをそなたに強いているわけではない。口出し無用じゃ。じゃが、せめてそちの心の中に殿の菩提を弔う気持ちだけは持っていて欲しいのじゃ」

忠邦の両眼から滂沱《ぼうだ》と涙が溢れ、藤兵衛が号泣した。

「小源太、そちの父御の佐橋直正殿は陶匠であるが、れっきとした武士でもある。そちは直正殿が嫌いか？」

「心底好いております」

「そうであろう、も少し心の広さを持て。頑迷はいかぬ。ま、――この話はこれくらいで止めにしよう」

忠邦は拳で涙を拭った。

小源太は、今朝方出会った一団や鉄砲隊のことを話すべきか否か迷っていた。本来なら、武家の争いなど黙殺するつもりだが、今の忠邦の言葉で心の扉に隙間が出来た。

「実は、土採場への行き帰りにいささか不審な事がありました」

思い切って話し出した。

「なんじゃ？　話してみよ、何が不審じゃ？」

小源太は、今朝方出会った一団について詳しく説明した。そして、頭領らしき武将から贈られた脇差についても付け加えた。

「その脇差は？」

「これでござります」

懐から黒の漆に螺鈿《らでん》を散らした脇差を差し出した。震える手で刀身を抜き出した忠邦の目に鍔元の三つ葉葵の紋章が焼きついた。

「おっ！　これは徳川の家紋じゃ、――して、その武将の面貌は？」

「眉が豊かでやや下がり、目と鼻と耳の大きい四十過ぎに見える人でした」

「そうか、――先ず、徳川家康殿に相違あるまい。さすれば、鉄砲隊は謀反の手勢よな。そちは家康殿のお命を助けたことになる」

「しかし、堺で本能寺の変事を耳にされたとすれば、刻限が合いませぬ。それと、人数が百を越えていたのも不審です」

「いや、あのお方は運の強い人じゃ。しかも優れた探索方を持っておられる。恐らくは、何か異常を察知されて昨夜のうちに堺を抜け出し、途中いずれかで休息され、信楽を通られたのであろう」

「――？？」

忠邦なりの推量であった。

「おそらく、手勢は伊賀の一党であろう。伊賀勢は頼もしかろう。それにしても、我らはとんだ手抜かりであった、――無念じゃ！」

忠邦と藤兵衛の相貌から新たな涙が溢れ落ちた。

「そちは、家康殿とは知らずに鉄砲隊の待ち伏せを知らせたのか？」

不審気に忠邦が訊いた。武士を毛嫌いするこの若者にしては珍しい行動であった。

「家康殿とは知る由もありませぬ」

「では、なぜお助け参らせたのじゃ？」

「一行の先駆けをして来た武士が京での知り人でした」

「ほう、してどのような知人じゃ？」

「陶器に詳しい武士で、二三度店に来られて壺などを買うて頂き、焼き物の事などを話し合ったことがあります」

まさか、清水寺での事を話ことは出来ない。

「そうか、そちは客人に礼を返した訳じゃな。それにしても、家康殿は運の強いお方じゃ。信長様もこれまでは数々の幸運に恵まれて来られたが、此度は足元の思いもかけない大穴に落ちてしまわれた。無念でならぬ」

これは信長の大変な油断であった。

河合忠邦の嘆きは尽きない。何を喋っても愚痴になってしまう。かつて安国寺恵瓊が織田信長の行く末を評し、「いつの日にかあおのけに転ばれよう」と言った話が伝えられている。如何にこの僧侶も信長を仏敵として憎悪していたかが伺われる。

今井宗薫邸に集結していた怪僧たちは、六月二日払暁、徳川家康を討ち取るべく松井友閑邸を包囲したが、家康の脱出を知り地団駄を踏んで悔しがったものの、既に後の祭りであった。攻め込んだ人数は六十名を超えていた。

「それがしは、家康殿を接待したのであって、監視していた訳ではない。よって、夜半の脱出に気付くはずはない。お気の済むまで家捜しされよ」

松井友閑はそう言って応対した。長谷川秀一も同様の意見を述べた。一方、家康の脱出を知った今井宗薫は、内心驚愕し、且つ安堵した。後刻、信長の死を知った時、有閑も宗薫も家康の情報収集力に驚いた。

本能寺の変について、通説では明智光秀が織田信長に対する日頃の恨みを抑えきれず、天啓の如く信長襲撃を思い立ったとされている。そのような決心をさせたのは、羽柴秀吉、柴田勝家、前田利家、丹羽長秀らの重臣たちが信長の元を離れていた好機だったというが、分別ある明智光秀が前後もわきまえず主殺しの暴挙に走る筈はない。

乱世であればこそ、己の安泰を確実にして行動する必要がある。事を成すに当り、身の安泰が見込めなければ、破滅するだけである。光秀の行動は、主立った織田家重臣たちの合意による政変の一端を担うものであった。

ところが、信長、信忠父子殺害という致命的な手違いが起こってしまった。混乱に乗じて先走りしたのは、正体不明の謎の忍びたちである。光秀は、完全に翻弄され、主殺しの逆臣にされることを恐れた。それでも、予定された六月十五日の安土会議で、事の次第を説明すれば、必ず了承を得られるであろうと楽観した。

明智光秀は安土城に将軍勅使、吉田兼見を招き、次のように言上した。

「昨日、織田信長、織田信忠殿が何者かの襲撃により落命されました。よって、織田家重臣の会議により六月十五日に織田信雄殿、又は神戸信孝殿を跡目に立てる所存でございます。それまで、不肖明智光秀が京の警備に全力を尽くします」

光秀は決して自分を天下人と表現していない。ひたすら、羽柴秀吉からの返事を待っていた。この武将は隙を見つけて主を殺し、天下を狙うような破廉恥な人ではない。

（三）

河合忠邦は密かに動き出した。明智光秀の周辺にほぼ全員を放ち、紅梅屋を根城にして探索の網を張ると共に、河合隼人と吉岡藤十郎を備中に潜入させた。

天下の騒乱に無関心な佐橋小源太は、六月三日夕刻に藤兵衛に従って京に入り、商いの修行を始めた。本能寺の変の直後で、京の治安も乱れているのを心配して、紅梅屋の使用人や女人たちを守る目的もあり、河合忠邦は小源太を京に差し向けることに同意した。


京の町々はやや落ち着きを取り戻し、要所要所に明智の兵がたむろして見回りに奔走していた。町の人々は、主殺しの謀反人明智光秀に侮蔑の目を向け、陰では思い切り明智軍を罵り合っていた。しかし、一日二日と日が経つにつれ、徳川家康が京に攻めて来るとか、柴田勝家が動き出したとか、或いは羽柴秀吉軍が備中から反転したとか、様々な風説が飛び交い始めて町々は再び騒然となってきた。

大半の店は表戸を下ろし、中には家財を荷車に積み込んで洛北の紫野、修学院、大原、鞍馬方面に避難する者も出始めた。京の人々は、先祖代々、応仁の乱による大火災の恐ろしさを脳裏に叩き込まれているせいか、戦に対する反応は極めて敏感である。

そんな情勢には目もくれず小源太は藤兵衛の制止を振り切って問屋廻りを始めた。「殺されても知らんえ」と幸が毒ずき、「外は危のうござますよ」と咲が気遣っても平気だった。


六月十日になって、明智光秀は羽柴秀吉から驚天動地の書簡を受け取った。それには、――「重

光秀孤立

臣一同の意向を無視し、信長様、信忠様のお命を縮め参らせ、よって天下を奪取せんとする反逆者の暴挙は許し難し。厚顔にも手違いと申し開きするは笑止！　即刻殿の仇を討たん」――とあって、黒々とした花押が光秀の心にぐさりと突き刺さった。

同日、備中から河合窯に馳せ戻った河合隼人と吉岡藤十郎は、羽柴本隊が六月三日夕刻、既に高松を離れ、堀尾茂助軍のみが高松城周辺に残り、翌六月四日、城主清水宗治の切腹を見極めた旨報告した。又、羽柴秀吉は毛利輝元との講和を終えて、六月五日には既に姫路に戻っていることも判明した。中国大返しは太閤記か古文書の作り事であろう。

「おのれ！　秀吉め！　――わしの言うことが何故分からんのだ！」と、光秀は激怒したが、手違いを起こした自分の不利は明らかであり、申し開きは通じないと悟らざるを得なかった。おそらく秀吉は一両日中に京へ攻め上って来るに違いない。早急に自軍の周辺にいる重臣たちに合力を求めなければならなかった。

明智光秀は繰り返し何度も理解と協力を求めたが、丹羽長秀、前田利家、中川清秀ら重臣の全部が協力を拒否し、娘婿の細川忠興すら拒否して譲らず、当初了解した筒井順慶も最終的には拒否して来た。こうなれば自軍一万七千のみで闘うより他に道は無い。四万を越える織田の重臣軍に勝てる見込みは無いが、無為に攻め滅ぼされる訳には行かない。

明智光秀は京の都が戦火にさらされることを恐れて、都の西南、勝竜寺城に一万三千を展開させた。それでも尚、羽柴秀吉軍と対峙した時、改めて和睦の交渉を持ちかける努力をするつもりであった。

六月十二日払暁、西国街道沿いの伊丹に、羽柴軍二万二千と丹羽軍一万五千が姿を現したという噂が疾風のように京の町々を駆け抜け、町は騒然となった。そして、この日の夕方、羽柴本隊が高槻村に到着し、上牧、水無瀬に細川、中川軍も展開した。日が暮れる刻限、羽柴軍の一部は密かに山崎村の天王山を占拠した。尚も話し合いによる本能寺の事態の理解を求めようとする明智光秀は一歩も動かなかった。


六月十三日早朝、疾風に荷物を積んだ佐橋小源太の姿が洛東の興蓮寺に見られた。

「この騒々しい日に仕事か?」

賢了和尚が茫洋とした顔付で訊いた。

「はい、八幡の八幡宮に納める品物が四日も遅れているので、納めに行きます。ついでにお訊きしたいことがあってお邪魔しました」

「ほうっ、訊きたい事とは何じゃ?」

賢了和尚が微笑しながら膝を乗り出した。

「やごろうという人物をご存知でしょうか?」

「やごろう? ——どうしてその様な事を訊く?」

「実は、私の知人が何者かに殺され、今わの際にその者に襲われた、と言い遺しました」

「そいつは、おそらく砥部矢五郎に相違あるまい」

「やはりご存知でしたか」

「おぬし、まさか仇を討つつもりではなかろうな？」

「私は武士ではありませぬ。命を取るつもりはありませぬが、手足を打ち砕いてやりたいと思います」

砥部矢五郎については、織田信長も河合忠邦もよく知っていたようであるが、まさか忠邦に聞く訳にはいかない。密かにその者を突き止めて、自分なりに樋口勘兵衛の無念を和らげてやろうと思い決めている。

「やめたほうが良かろう、相手が悪過ぎる」

言下に和尚が反対した。

「何ゆえでしょうや？」

「矢五郎はな、若かりし頃は甲賀の中山俊保と親交があった。その後、僧籍に入り、いつの間にか毛利輝元や羽柴秀吉、それに足利将軍らの知遇を得た高僧じゃ」

「今はどこに？」

「それは分からぬ。わしは一度も会うたことがないでな。この者は、吹き針を口から飛ばし、稲妻のような剣裁きで、聞くところによれば殺した相手は二百を下らぬという、とんでもない手練者だそうな」

「――」

「それにな、出自は丹波の竹田氏で安国寺恵瓊の従弟と聞いておる。そんな厄介な者を相手にすることは止めとけ」

小源太は賢了の意見に反対しなかったが、心の中ではなんとしてもこの怪僧は痛めつけてやりたいと考えていた。

「よく分かりました。ところで、もう一つお訊きしたい事があります」

「何でも訊くがよい、知っている事なら答えよう」

「むささびの源三というお方のことですが？」

「なんじゃと？」

「酒井予之介様から野伏せり仲間のもう一人のお方のことも聞きました。そのご面相とそっくりの武士に出会いました。名前は山並源三という人で、徳川家康殿のご家来です」

「そりゃまことか？　源三とは三十年の余も会うておらん。十中八九むささびじゃろう。今度出会うたら是非とも連れてきてくれ」

「会えるかどうかは分かりませんが、もし会えれば必ずお連れします」

小源太は、山並源三との関わりについて詳しく説明した。

「ふうむ、お主は不思議な男よな。またまた、わしの古い仲間と関わり合うたか、――是非会うてみたいものじゃ、わしとは一番気の合う男じゃったでな」

賢了和尚は目を細めた。

人間老いれば、昔日に思いを致すようになると言う。賢了和尚もその通りかもしれない。

第六章　天王山

（一）

京は攻めるに易く護るに難しと言われている。結局、明智光秀は一万五千の本隊を率いて勝竜寺城に布陣し、二千を近江の坂本城、一千を安土城に待機させた。そして尚、再三にわたり本能寺の手違いを詫び、重臣たちの了解を求め続けた。しかし、それは見苦しい言い訳としか見られなかった。

本能寺の変から六月十三日までの間に、羽柴秀吉は自らの作戦を、逆賊光秀討伐の復讐戦と銘打ち、織田家重臣たちの合力を取り付ける根回しを完了していた。一方、手違いの了解を求め続けた光秀は、いたずらに刻を空費したわけである。

堺を脱出し、信楽、柘植を突っ走って伊勢の白子浜から海路三河に帰った徳川家康は、駿河、尾張、三河、美濃の平安処置に数日を要したが、密かに上洛の準備をしたまま、じっと天下の情勢を見守っていた。

当初、家康は、自分の得た情報を分析して、光秀と織田家重臣たちの間には戦は無いと踏んでいた。手違いから起こった信長の死は、糾弾されまいと考えた。合力を求める書簡は、家康にも送られて来たが、その文面から見れば、堺や信楽で自分を襲撃しようとしたのは明智光秀ではないと思われた。しかし、返事は出さなかった。

六月十二日、羽柴秀吉から連絡があり、逆賊明智光秀討伐を告げると共に、堺からの脱出を祝い、亡き信長の遺志貫徹に協力を依頼して来た。

家康は、静かにその書簡を破り捨てた。そして、〈万事了承〉との簡単な返事を返した。うかうか堺くんだりで遊んでいたばかりに、全てに出遅れた自分が悔やまれた。この先、徳川家康は長い長い忍耐の年月を過ごすことになる。

もし、織田信雄が優れた武将なら、丹羽長秀と共に中川清秀や蒲生氏賢らを率いて明智光秀を攻め亡ぼし得た筈である。そうなれば、羽柴秀吉の天下統一は無かったかも知れない。かねてより、信長が自分の子供たちの凡庸さを嘆いていたのも頷ける。

あと一人、織田の猛将、柴田勝家は最強の武将と言われたが、情報収集と策略に劣り、六月五日になって本能寺の変事を知ったものの、上杉景勝に背を向けて転進することも出来ず、北国に釘付け状態になった。そして、六月十一日、秀吉から「逆賊光秀討伐のため毛利と講和の上、全軍攝津に到着し、上様の仇を討ちます」との連絡を受け、歯軋りして悔しがったが、後の祭りであった。

伝えられる毛利と羽柴の講和は、本能寺の変の僅か二日後の六月四日とされているが、過去半年以上も闘ってきた両軍が、信長の死後二日足らずで講和を結べる筈が無い。誰が考えても分かる道理である。しかも、講和の内容は、山陰側の八幡川、山陽側の河辺川を境界とする取り決めまでされたと言う。領土問題の話し合いほど日時のかかる交渉は無い。余程以前から根回しされてこその講和条件と考えられる。

毛利輝元にとって、日頃から憎悪していた織田信長の幽閉隠居策は、願っても無い策略に違いない。だから、安国寺の仲介による羽柴秀吉との講和に同意したのは当然である。唯、明智光秀が信長幽閉に失敗して死なせてしまったため、秀吉を始め重臣たちが激昂したのも致し方のないことである。

あの黒装束の手練者たちが、重臣たちの裏をかいて信長、信忠父子を殺害したとすれば、その者たちを送り込んだ何者かは、何処かでほくそ笑んでいるに違いない。明智光秀こそ良い面の皮である。

山崎天王山では、羽柴軍側五万、明智軍一万五千が対峙した。数の上では劣勢な明智軍だが、戦術によっては必ずしもこの差が優劣を決しないのが合戦である。当初、合力を約した筒井順慶は、その後の情勢を見て明智光秀が四面楚歌の窮地にあることを知り、大和郡山を動かなった。後年、二股武士と蔑まれたが、参戦しなかったのは賢明な選択と言える。

しかも、洞ケ峠は海抜百米足らずの丘陵に過ぎず、そこから三里先の山崎天王山合戦場は男山や鳩が峰に遮られて望見出来ない。従って順慶が戦況を見て変心できる筈はない。

六月十三日の昼前、興蓮寺を辞した小源太は、伏見街道を南下して小椋江の東岸を回り半刻余りで八幡村の陶器商、花村屋に着いた。この問屋は石清水八幡宮が鎮座する男山の麓にあり、八幡宮の神器の他、一般の陶器、雑貨などを商っている。主の六右衛門は既に六十の坂を越えているが、使用人も置かず、丸々と太った五十過ぎの妻女と二人で働く元気者である。

小源太の姿を認めて六右衛門は驚いた。

「あっ！　小源太はん、こないな物騒な日に来るやなんて無茶やで、品物は遅れてもええのに。外は合戦になりそうでえらいこっちゃ」

「もう三日も遅れとります。これ以上遅れたら信用が無うなります。ちょっとだけ休ませて貰うてから直ぐ帰ります」

荷物を疾風の鞍から下ろした直後、ふらー、と軽い眩暈《めまい》がしてその場にしゃがみ込んだ。

「どないしゃはりました？　――あっ！　こらあかん！　えらい熱や！　乙女、ちょっと来い！」

六右衛門は小源太の額に手を当てて大声で妻女を呼んだ。

「大事ありません、ちょっと無理をしただけです。半刻もすれば治まります」

小源太が遠慮するのも構わず、老夫婦は無理やり布団を敷いて休ませ、取りあえず、げんのしょうこを煎じて茶碗にたっぷり一杯飲ませてくれた。そのまま、眠りに落ちて目が覚めた時は未の刻（午後二時）になっていた。

幸い眩暈も治まり気分も悪くなかった。

「小源太はん、どないや？」

「お陰で熱も下がったようです。そろそろ帰らせていただきます」

「なに言うたはりまんねん、未だ目が潤んどります。それにな、水無瀬から上牧にかけて秀吉はんの旗印が物凄う一杯盛り上がっとります。天王山の北は別の旗印で一杯でっせ。あれは逆賊明智光秀の陣地でっしゃろ。小椋江のこっち側の一ノ坪にも桔梗の旗を立てた奴らが二百ほどうろついとります」

「戦にはならんと思いますが――」

「いいや、合戦になりまっせ、村の連中は屋根に上って見とります。それにしても、いま外に出るんはやめときなはれ。うちに泊まると決めなはれ。悪いことは言いまへん」

小源太は、戦と聞いて顔をしかめた。合戦があろうとなかろうと自分には一切関わりは無いが、下手にうろついてとばっちりを受けては馬鹿馬鹿しいので、暫らく様子を見ることにした。

天正十年六月十三日正午頃から、どんよりと曇った空は雲の厚みを増し、湿り気を含んだ風が吹き出して、山崎天王山周辺は異様な雰囲気に包まれた。

全ての織田家重臣たちの合力を拒絶された明智光秀は、死に物狂いの戦いを覚悟して、羽柴軍を誘導する作戦に出た。大山崎から上牧までの隔たり約三里半、幅約十丁の山麓と淀川に挟まれた場所に敵を誘い出し、別の一隊を山側と川岸に分散させて迎撃しようとした。

一方、羽柴秀吉は敵が戦端を開くと同時に、一旦前進した本隊を後退させる戦略をとった。秀吉と光秀では、合戦の経験にいささか差があった。秀吉は既に前夜、天王山腹と淀川河川敷の芦原に中川清秀軍と蒲生氏賢軍を潜ませていた。

申の刻（午後四時）、秀吉は開戦と同時に敵の誘導に乗ったかのように本隊を前進させ、両者が指呼の間に迫った時、急速に全軍を後退させた。誘い出しに出たはずの明智軍は、敵の後退を見て怒涛のように前進を開始した。当然、明智の隊形は長蛇のように延び始めた。

「追うな！」と光秀は必死に下知を飛ばしたが、敵の急速な後退に釣られた明智本隊は興奮して追撃を続けた。双方の喚声と発砲音が天地を揺るがす中、明智軍は最も狭い所で中川清秀軍と蒲生氏賢軍に分断されて大混乱に陥った。そこへ羽柴本隊が反転して正面から攻め込んだ。

総崩れになって勝竜寺砦に後退した明智軍は、既に過半数を失っていた。山崎の北方まで押し迫った羽柴軍は、大きく横に展開して鶴翼の隊形に展開した。今にも泣き出しそうな曇天下、明智軍も横に展開したが、最早抵抗力を失っていた。戦列を離れて敗走する者は引きもきらず、夕闇迫る戌の上刻（午後七時）、遂に明智軍は大敗を喫して壊滅した。

明智方の投降者は二千五百に上ったが、光秀はどこに潜んだのか捜索が続けられたものの、その行方は分からなかった。死骸が散乱する戦場にも、淀川の水辺の芦原にも見付からなかった。

坂本城か安土城に逃げ込んだと見て、秀吉は徹底的な捜索を命じた。

（二）

日が暮れて辺りがすっかり静かになった戌の下刻（午後九時）、佐橋小源太は笠と蓑を借り、六右衛門夫婦が止めるのも聞かず、疾風を駆って京に向かった。目の前で見た明智光秀軍の惨敗はひどいものだったが、武士の殺し合いには改めて腹が立った。

小椋江東岸の槇島を左に望む辺りは人影も無く不気味に静まり返っていた。

「馬鹿者どもが！」

訳も無く怒りが込み上げて来て、疾風の背で思わず怒鳴り散らした時、全身に激しい悪寒が走り強烈な眩暈に襲われた。

「これはいかん！」

小源太は疾風の背にしがみついた。夏の夜というのに悪寒が全身を震わせ、頭が割れるように痛む。星一つ見えない漆黒の闇の中をひたすら京の方向に向かって疾風を走らせた。繰り返し襲って来る悪寒と眩暈に耐えながら——。

宇治川を越えた時、前方から接近する蹄《ひづめ》の音が聞こえた。姿は見えないが数頭の騎馬らしく鎧の触れ合う音がする。小源太は反射的に右の脇道に曲がり込んだ。相手の正体は分からないが、面倒は避けたかった。明智の残党狩りかも知れなかったからである。暫らく行って左に曲がった。そのまま北と思う方角の小道に疾風を乗り入れた。小さな村落を抜け、道はだらだら登りになって深い竹薮に入った。幸い、八幡村を出てからはひどい雨は降っていなかったが、鬱蒼《うっそう》と繁る竹薮の彼方に野小屋を見つけた時、耳をつんざく雷鳴と共に大粒の雨が落ち始めた。

蓑はいつの間にか破れ飛んで、雨が背中を打つ。こんな状態で雨に濡れ切ってしまえば意識を失って落馬する予感があった。小源太は疾風を薮の奥につなぎ、かろうじて野小屋に飛び込んだ。

直後、小屋の板屋根は雷雨に打たれてすさましい騒音に包まれた。小屋の中は真っ暗だったが、目を凝らして見回すと八畳ほどの広さがあった。壁には筍を掘るための鍬や、落ち葉を集める熊手、荷造り用の藁縄などが吊るしてある。左奥には屋根裏近くまで俵がうず高く積んであり、所々藁縄で固定されていた。

悪寒と眩暈によろめきながら、小源太は俵の山の頂上に上り、俵の一つに潜り込んだ。この蒸し暑さの中で、身体の震えが止まらないのは只事ではない。唯、藁の温もりはありがたかったし、薮蚊の襲撃から免れることが出来た。そのまま意識を失うように眠りに落ちた。実際、意識を失ったのかも知れない。

混濁の中で夢を見た。父の直正が顔を近付けて来て、その顔が母の芳乃に変わり、「淋いよう」と言って涙を流し、はっとして声をかけようとするが、声が出ない。そのうちに母の顔が咲になった。手を伸ばそうとした時、板戸を荒々しく開ける音で現実に引き戻された。

眩暈も悪寒も少しだけ治まり、雨音も雷鳴も聞こえない。全身が汗にまみれていた。

「殿、ここで暫時休息なされませ」

下で低い話し声が聞こえた。何者かが小屋に入って来たらしい。

気配を消して耳をそば立ててみると、下にいるのは三名か四名らしい。鎧の触れ合う音がする。殿と呼ばれている武士は一体何者か？　熱発で途絶えようとする意識を奮い立てながら聞き耳を立てた。

「庄兵衛、いま何刻じゃ？」

殿と呼ばれた武将らしい声が訊いた。

「おそらくは亥の下刻（午後十時半）頃かと思われます」

「そうか、もはやいかぬ、坂本にも安土にも戻れぬな、無念じゃがこれまでじゃ」

「何を申されます！　ここは既に小栗栖の辺りですぞ。この先は、坂本まで馬なら半刻足らずです。坂本には左馬之助様が二千の兵を率いてお待ちです。羽柴軍が攻めて来るのは夜が明けてからになりましょう。まだまだ諦めは早うござりまする」

武将は明智光秀、対話しているのは家臣の一人、溝尾庄兵衛という槍の名手だが、下にいるのが光秀主従であることは小源太にも分かった。このとき既に安土城は何者かによる放火で炎上し、坂本城は羽柴の先鋒隊一万により包囲されていた。

「気休めを申すな！　この光秀、覚悟は出来ておる。予は断じて信長様を殺したのではない。予に先んじて信長、信忠様を襲うた奴がいる。正体はわからぬが、そやつらが予を主殺しの逆賊にしおったのじゃ」

「その者たちを動かしていたのは？」

「分からぬ、もうそんなことはどうでも良かろう。今更なにを言うても後の祭りじゃ。人一倍信長様に心酔しておった秀吉殿が、涙を呑んで重臣方の総意に従うたのに、予は重責を果たし得なんだ。目が眩んで天下を狙うたと言われても、言い訳は通用せぬわ」

「殿、それでは余りにも無念でございます。我らに先んじた奴めらを捕らえ、八つ裂きにし度うございます」

「予は、手練者たちの首領が砥部矢五郎であることだけは知っておる。しかし、その後ろ盾が何者かさっぱり分からぬ。おそらくは、一向宗であろう。殿に仏罰を加えるは積年の願いであったろうからな」

「——」

「予はここを死に場所と決め、討たれる前に潔く果てよう。その方らの忠節、忘れはせぬ、予の遺体はこの竹薮に埋めてくれい」

家臣たちは慟哭した。

本能寺の変の真相を耳にした小源太の心が大きく揺れ、相手に気配を悟られてしまった。ほんの僅かな心の動きが隙を与えてしまった。

「何やつ！」

武士の一人が叫んで手裏剣を俵に向かって投げ、溝尾庄兵衛が手練の槍を突き上げた。

小源太はかろうじて手裏剣と槍をかわし、背中を丸めて力いっぱい板屋根を押し破って小屋の外に飛び出した。普段ならそのまま疾風のように逃げ去れるが、熱発で消耗しきっている身体は思うように動かず、片膝を地面についたまま動くことも出来ない。

三人の家臣たちは小源太を取り囲んだ。

「その方、何者じゃ？」

庄兵衛が怒鳴りつけた。

「おれは陶器の商い人です。風邪を引いて苦しいので雨宿りしながら寝ておりました」

これだけ喋っても息切れがする。

又眩暈が襲ってきた。

「偽りを申すな！　わしの槍をかわして逃げようとした身のこなしは只者ではあるまい！」

「偽りではありませぬ」

苦しい息を弾ませ応答しながら死を覚悟した。先ほどの槍さばきは並々ならぬ手練を感じさせ

たし、他の二名は明らかに忍びの手練者と思われる。彼等からは逃れられないと判断した。しかも、再び打ち寄せる悪寒で身体が激しく震える。

「貴様、我らの話を盗み聞いたであろう?」

庄兵衛が畳み掛けた。

「耳には入りましたが、私とは一切関わりがありませぬ」

その時、背後に立つ明智光秀が言った。

「もうよいではないか、逃がしてやれ。この者、まこと苦しそうじゃ。これ以上無駄な殺生はするな」

「殿! この者は忍びですぞ、見逃すわけには参りませぬ。殿を明智光秀様と知った以上生かしては置けませぬ、ご免!」

叫ぶや否や電光石火の速さで槍を繰り出した。

光秀が思わず顔をそむけた。

しかし、小源太の頭が必死に反応して、かろうじて光芒を避け、本能的に槍の柄を掴み、手前に引っ張りながら立ち上がった。そして次の瞬間、残っている力の全てを爆発させて捨て身の体当たりをかませた。全く予期しなかった一撃をまともに喰らって庄兵衛が後方に吹き飛び、背後の光秀に激突してしまった。

光秀は斜め後方の地面に叩き付けられ、竹の切り株に後頭部を激しくぶつけて悶絶してしまった。

「殿！　——殿！！」絶叫して光秀に駆け寄った庄兵衛の足元に、完全に力を使い果たした小源太が意識を失って転がっていた。

「おのれ！」

左右から二人の家臣が忍び刀を振りかざして飛び掛った。転がったままの相手を斬るのは簡単である。

次の瞬間、左右から別の黒い影が流星のように飛び違った。それは、まるで地から湧き出した魔物か、天から降って来た一陣の風かと見えた。二人の家臣たちの太刀は小源太に届く寸前で地面を叩いた。二つの死骸に握られたままで——。

「あっ！　曲者？？」

驚いて槍を構えようとした庄兵衛の喉笛を影の一つが切り裂いた。全ては一瞬の出来事だった。

黒い影は、光秀を追尾して来た吉岡藤十郎と河合隼人だった。

「光秀は竹の切り株に頭を割られてこと切れております！」

藤十郎が叫んだ。

河合隼人はしげしげと光秀の死に顔を凝視した。主君、織田信長を殺した憎っくき明智光秀が、死骸となって横たわり、その顔をまた降り出した雨が容赦なく叩いている。隼人の目からも、藤十郎の目からも滂沱と涙が流れ落ちた。

「光秀は小源太に命を取られたも同然じゃ――因果じゃのう」

「まことに――で、光秀の首を持ち帰りますか？」

「そのままにしておこう、お主は信楽に走り、光秀の最後を親父殿に知らせてくれ。わしは小源太を疾風に乗せて紅梅屋に運ぶ。早よう手当てをせんと大変な事になりそうじゃ」

隼人は藤十郎に指示を与え、小源太を抱き上げた。

天正十年六月十三日深更、明智日向守光秀は、逆賊の汚名を着せられたまま天界に旅立った。享年五十五歳であった。

（三）

小源太は紅梅屋の奥座敷に寝かされ、直ちに大徳寺の古渓和尚の計らいにより、京の名医、橘桂庵が駆けつけた。桂庵は、病人を詳細に診た後、深刻な目を紅梅屋藤兵衛に向けて言った。

「これはいかぬ、肺の臓が熱で焼けておる。この二、三日が山じゃが、――先ず、七分三分で命が保たぬやも知れぬ。出来得る限りの手は尽くすが、一応は覚悟されよ。身内の方々に知らせた方がよろしかろう」

絶望的な診立てであった。

「桂庵様、お願いでござりまする、なんとしても命を取り留める手立てを講じて下され。万一の事あらば、この藤兵衛生きてはおれませぬ！」

藤兵衛は涙を流し、必死で懇願した。

「さればじゃ、手は尽くすが、このご人の体力と病との闘いじゃによって予断は許されぬ。熱が下がり、意識が戻るか否かが生死の分かれ道になろう。兎も角、部屋に火桶を置いてどんどん湯を沸かし、湯気を籠らせるのじゃ。それから、わしが調合する薬湯を口から入れなされ。額の濡れ布は、冷たいものと絶え間無く取り替えるのじゃ」

今でいう急性肺炎だった。この時代では大半が命を落とす大病であった。桂庵の指図通り、部屋に湯気を充満させ、決められた刻限に薬湯を口に流し込み、額の布はひっきりなしに取り替えられた。小源太は意識を失ったまま荒い息を吐き続けるばかりであった。


桂庵は朝と夕暮れにやって来ては容態を綿密に診断した。何時の間にか布の取替えと薬湯を口に入れることは咲が率先して引き受け、片時も枕辺を離れようとしなかった。たまに幸が代わっても、ものの四半刻足らずで枕辺に戻った。さすがの幸もその献身ぶりには兜を脱いだ。

咲の美しい顔は、看病による寝不足と疲労で頬が落ち窪み顔色は蒼くなったが、却って壮絶な美しさとなり、真摯な眼差しには近寄り難い光が宿っていた。

彼女は脇目も憚らず必死の看病を続けた。普段は控えめな女人のどこにこのような激しい情熱が潜んでいたのか、彼女自身も気付いていないのかも知れない。

天正十年六月十四日、坂本城の明智軍は、羽柴秀吉の軍門に降った。

小源太は、六月十五日になっても昏々《こんこん》と眠り続け、熱も下がらなかった。信楽から駆け付けた河合忠邦は眉を曇らせて、荒い呼吸を続ける小源太を見詰め、大きなため息をついた。土岐の両親を呼び寄せるつもりであったが、京は騒乱の中にあり、野伏せりの跳梁も頻発しているので、差し控えざるを得なかった。

「わしの責任じゃ、申し訳ないことになって仕舞うた」

忠邦は頬を伝う涙を拭おうともしなかった。

「いやいや、この藤兵衛の落ち度でござります。熱はもっと早うから出ていた筈です。気付かず見過ごして申し訳ありませぬ」

ひたすら詫び入る目は赤く腫れ上がっていた。

「それにしても隼人、そこもとらが来合わせなければ、小源太は間違いなく斬られていたであろう。折角拾うた命じゃ、何とかならぬかのう」

隼人に向けられた忠邦の目は、必死の思いを告げながら一縷の望みに縋るかのように燃えていた。

六月十三日の夕刻、河合隼人と吉岡藤十郎は仇敵明智光秀を討つべく合戦の現場に潜んだが、その所在も生死も掴めず、万に一つの僥倖を期待して小椋江の東岸を探索していたが、夜が更けて久我畷《こがなわて》付近まで引き返してきた時、雷雨の中を東に駆ける四騎を発見して眼をむいた。中の一騎が間違いなく明智光秀と思われた。二人とも夜目が効き、光秀の顔は見知っていた。二人は密かに四騎のあとを尾けた。

そして、光秀主従と見られる一行が小栗栖の辺りの野小屋に入るのを見届け、襲撃の機を窺がううちに小屋の屋根を押し破って何者かが飛び出し、あの戦いになった。飛び出したのが小源太と分かって二人とも驚愕した。槍で襲い掛かった大男が突き飛ばされ、後ろの武将もとばっちりを喰って転倒したが、小源太も倒れたのを見て加勢に走った訳である。

「光秀め、小源太の体当たりで落命するとはのう」

忠邦は感慨深げに呟いた。

「小源太は直ぐに意識を失うたから、光秀の死は知らぬ筈です」

「――であろうな、構えて他言すまいぞ」

忠邦は声を潜めて隼人に言った。

「兎に角、光秀めが小源太様の手にかかって命を落すとは、――これは天の差配でありましょうな」

藤兵衛の言葉を忠邦が遮った。

「そうとしか考えられませぬが、――お声が高すぎまするぞ、枕辺には咲が居りますゆえ」

咲は依然として病人のそばを離れようとしない。

四日目の早朝、熱が急に下がり小源太が意識を取り戻した。名医橘桂庵の施療と咲の献身的な看護が奏効した。

「奇跡じゃな、もう大事無かろう。それにしても頑健な心の臓じゃ。流石の悪病も退散しおったわい。じゃがな、この女人の看病あってこその命拾いじゃ。それを忘れるなよ」

桂庵の目に涙が光っていた。

「そうえ、咲さんは四日の間眠らんと看病続けたんえ。咲さんに貰うた命どすえ」

幸が真剣な顔付きで説明した。

小源太の記憶は、槍で攻撃してきた武将を突き飛ばした瞬間から途切れている。従って、自分の攻撃で明智光秀が事切れたのを知る由も無い。

紅梅屋の奥座敷で何日間寝ていたのか、誰に助けられたのかさっぱり分からない。

「お前を助けたのは吉岡藤十郎と隼人じゃ。ここに運び込まれてから四日も経っておる。桂庵殿と咲には感謝せんといかんぞ」

忠邦に言われて己の病の重さを知った。咲が自分に付き添って、夜の目も寝ずに看病してくれたとは信じられなかった。小源太の目から一筋の涙が伝い落ちた。彼の回復を見て紅梅屋藤兵衛が号泣したのは言うまでもない。

「咲殿、有難う。迷惑をかけて済まなかった、許されよ」

小源太は咲の目を見詰めて心から詫びた。

「何でもない事です、良かった！！」

咲の美しい目は嬉し涙に濡れていた。

「今日は六月十七日じゃ、山崎合戦で明智軍が敗れ、京は戦禍を免れた。しかしな、――安土城は焼け落ちてしもうた。果かないものよ」

ぽつり、と忠邦が呟いた。

「光秀殿は？」

「ああ、お前が隼人らに救われて逃げた後、野伏せりか土地の百姓に殺されたそうな」

「そうですか、――あの武将は心優しい人と見受けましたが――」

小源太は、野小屋の中で耳にした明智光秀の無念の言葉を伏せた。

桂庵が帰り、咲が座を立った後、河合隼人が声を低くして語りかけた。

「実はな、――山崎合戦の前に、備中に放った若い探索方が二人も斬られた」

「――」

「斬ったのは砥部矢五郎の一党と分かった。辛くも逃げ戻った市場健之助の報告でそれを知ったのじゃ」

「何故そのような話を私めに？」

「そのことじゃが、奴は徳川の探索方も襲うておるそうな。何者かが背後で画策しておるようじゃ。悪うすれば、お前もわしも襲われるやも知れぬ」

「すると、砥部矢五郎一派は紅梅屋を怪しいと睨んでおりまするか？」

「そう考えたほうが良かろう。用心するに越したことはない」

砥部矢五郎は樋口勘兵衛の仇である。手足を叩き砕いてやるつもりでいる。何時の間にか乱世の争いに巻き込まれそうな予感がした。

矢五郎は樋口勘兵衛を斬った。小来栖の野小屋で耳にした話では、何者かが明智光秀に先行して信長父子の命を奪った。その首謀者は砥部矢五郎とも思われる。恐ろしい手練者たちに違いない。明らかに織田、徳川の探索網を潰し、いずれ、堺で取り逃がした家康を謀殺するつもりに違いない。

折角穏やかな政権交代を計ろうとした織田家重臣たちの計画を妨害したのは何者か？　小源太は、野小屋で聞いた光秀主従の話を河合忠邦に話すべきか否か決心がつかない。

明智光秀を討った羽柴秀吉は、この先どのように対処するのか、重臣たちとの話し合いに全てがかかっている。秀吉は、真っ先に備中から転進して光秀を討ち取り、忠臣の誉れを天下に知らしめた。光秀の失態に激怒しての素早い行動だったが、重臣としての厳然とした一番手柄であった。

天正十年六月末、清洲城に於いて開かれた織田家後継者を決める会議で、羽柴秀吉は、信長の三男信孝を推す柴田勝家と真っ向から対立し、嫡男継承の大義名分を振りかざして、信忠の嫡男三法師（三歳）こそが後継者であると主張し、勝家との激論の末、自分の意見を通した。

この時、秀吉は池田恒興、丹羽長秀、中川清秀、前田利家ら主だった重臣との根回しを怠らなかった。以降、表面上は神戸信孝を三法師の補佐役としたが、政治の実権は後見役の秀吉が握ることとなった。

結果的には、山崎天王山の戦いに勝利した瞬間から、羽柴秀吉は天下統一への第一歩を踏み出したのである。

第七章　対決

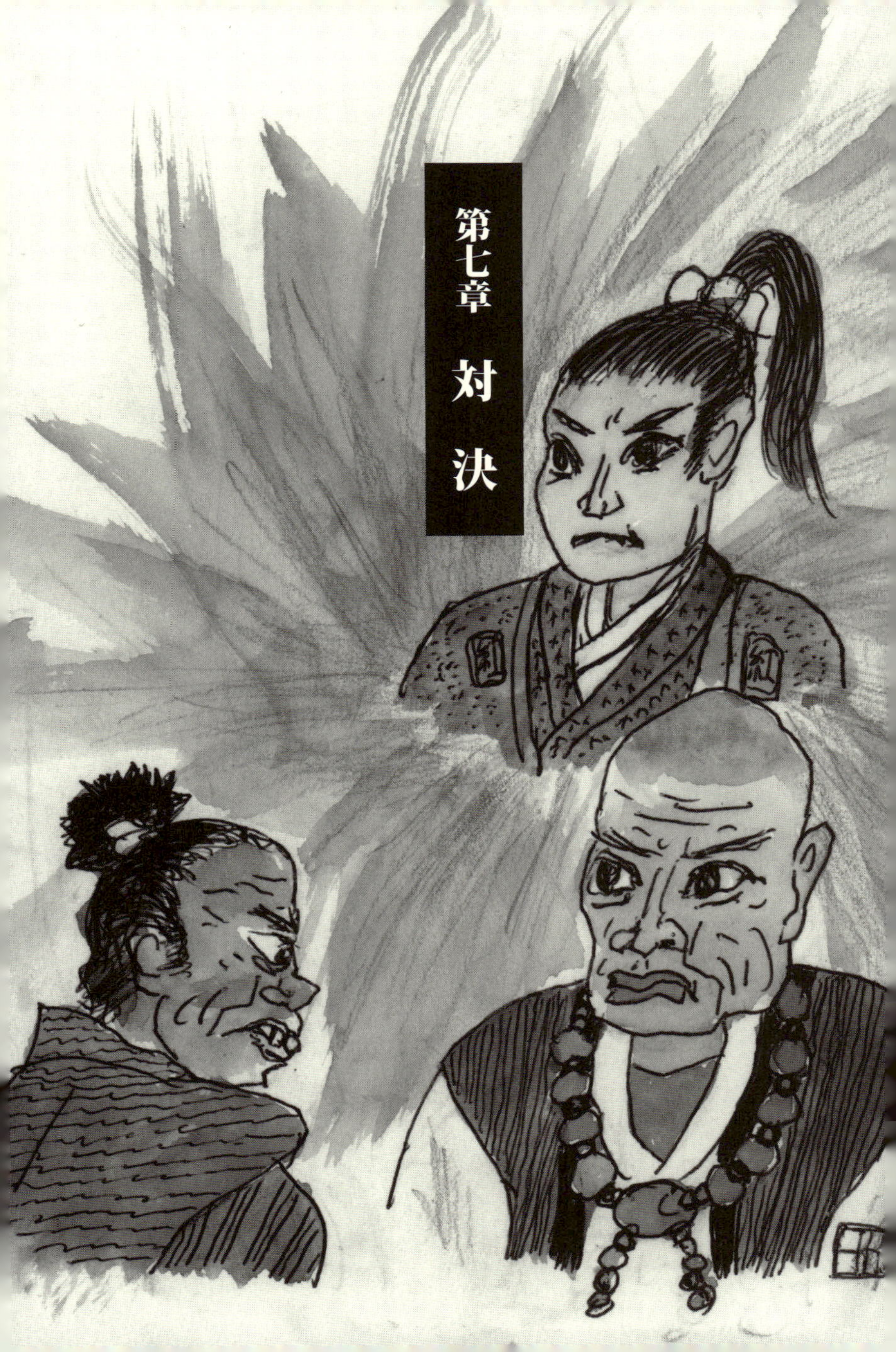

（一）

六月の終わり頃、小源太は完全に快復し床を離れた。この間、信楽の奥田孫七郎が咲を強引に連れ帰る騒ぎがあった。後でそのことを幸から聞かされた。

「言うな、と口止めされたんやけど——孫七郎はんが京の様子を見に来はってな、咲さんが必死で小源太はんを看病しはった話を聞いて、咲は陶工ずれを看病するために紅梅屋に預けたんと違う、言うてえろう怒らはったんどす。そいで、無理やり信楽へ連れ帰らはったんえ」

「知らなかった、それは申し訳ない」

「小源太はんは謝らんでええ、咲さんが自分から進んで看病しはったんやから」

「いや、迷惑をかけた詫びはせんといかん。信楽に帰ったら改めて礼を言うて、孫七郎殿に詫びんと申し訳が立たん」

「ほな、勝手にしなはれ、孫七郎はんはうちの父はんを大きな声で怒鳴り付けはったんえ。娘を勝手にこき使うたい言うてな」

「——」

小源太は沈黙してしまった。財力の差を考えるなら、信楽の名門奥田窯と土岐の小さな佐橋窯とでは比べ物にならない。武将の娘が足軽の息子を看病するようなもので、娘の親にすれば許せない行為になる。

「藤兵衛殿にも詫びねばならん。全ては病に冒されたわしが悪い故、責められて当然じゃ」

孫七郎が、身分の高い武将に咲を嫁がせたいと望むのは馬鹿げた事だと思うが、他人の自分が云々する問題ではない。

時々河合窯にやって来る孫七郎と顔を合わせるが、まともに挨拶を交わされた記憶は無い。ことさら身分の上下を表に出す人物である。咲が夜の目も見ずに自分を看病してくれたとは予想もしなかった事であった。

奥田窯は、穴窯を七基も備え、使用人は三十名を越える。その規模は信楽随一で、孫七郎は咲を嫁がせる高位の武将を探している。陶工の看病を耳にした孫七郎の怒りと狼狽は想像に難くない。

小源太の心にぽっかりと空洞が出来た。生れ落ちて間もなく実の母と死別し、実父を憎みながら成長したこの若者には、人には言えぬ血脈の悲しさがあった。直正や芳乃にやさしくされればされるほど、心のどこかに遠慮があった。

信長に咎を許されても、土岐に帰りたい気持ちはその遠慮に抑圧されている。それだけに、思いがけない咲の献身は小源太の心を揺さぶった。だが、所詮その気持ちも抑圧しなければならない。妻を娶る気のない自分だけに、この世で出会った女人が前世から結ばれていた人であったとすれば、尚更である。しかしまた、咲が男女の感情によって看病に専念したとは断定出来ない。

「信楽に帰らはっても、咲さんに会われへんよ」

幸は小声で囁いた。密かに小源太に寄せる想いを爆発させたとも思われる咲の大胆さに、このはねっかえり娘は兜を脱ぎながらも、小源太が好きでたまらない。

「どうして会えんのじゃ？」

「孫七郎はんはな、咲さんを多治見の親戚に預ける言うたはった。あんさんの目の届かん所やろ」

「馬鹿馬鹿しい！　俺は詫びを言いたいだけじゃ！　何を考えとるんじゃ」

自分が、一人の女人にとって危険な存在と見做されることが悲しかった。

小源太の病が完全に癒えたので、河合忠邦は信楽へ帰って行った。京の町々を出歩く、この若者の商いの修行が始まった。

一度は手にするのを止めた樫の棒を再び背中に差した。小来栖の藪のように、突然何者かに襲われた時、素手では危ないと思ったからである。

七月中旬の焼けるような暑さの昼下がり、小源太は一ヶ月ぶりに賢了和尚を訪ねることにした。

五条大橋を東に渡りきった時、鴨川の上流方向から急ぎ足で下って来る商人風の男の顔を見て、小源太は息を呑んだ。その男は紛れもなく山並源三だった。

思わず声をかけようとしたが、源三の後方五間ほどの距離を保ちながら歩く二人の僧形を認めて立ち止まった。網代笠を被った僧たちは源三を尾けているように見えたからである。

小源太も僧形の後から歩き出した。興蓮寺とは反対方向になるが、見過ごすわけにはいかない。

源三はこの暑さの中をかなりの速さで歩く。僧形たちも同じ速さで続く。明らかに源三を尾けているようだ。

人通りは殆ど無く、左手に荒れた草野と田畑の広がりが見える。照り付ける真夏の日光は、頭の芯まで焼け焦がすような熱気を投射する。蝉の鳴き声が辺りの空気を引っ掻き回している。

六波羅を南へ、ほぼ等間隔をおいて三組の男たちが行く。どうやら、僧形は源三を襲撃するつもりらしい。その証拠に鋭い殺気が流れ、源三との隔たりが少しずつ縮まってきた。日は中天を離れ、嵐山から湧き上がった入道雲の先端が崩れて日光を遮り始め、生ぬるい風が東の音羽山から吹き下ろす。

山並源三は全神経を後方に集中している筈である。僧形は遂に三間足らずの隔たりまで迫った。やがて、鳥部野の辺りで源三がいきなり左の枝道に入った。その細い脇道を阿弥陀峰の麓に向かって歩いて行く。と、前方に雑木林が見えた。

突如、僧形が走り出した。

「待てい！　徳川の隠密、山並源三！」

大柄の方の僧形が呼び止めた。

「――？」

いきなりの名指しに源三の足が止まった。

「何奴？」

徳川の家臣ですら探索方の名を知っている者は限られている。

「わしの連れは鬼丸と言うて、遠目の効く男じゃ。堺の宗薫屋敷前で貴様を見ておる。我らの話を盗み聞いて家康に告げたのは貴様であろう。そのために、まんまと家康は逃げおった。いずれ家康の命は取るが、その前に貴様を斬る」

「なるほど、その声に聞き覚えがあるわい。我が殿を取り逃がしたはそっちの迂闊じゃ。貴様、どこの家臣じゃ？　名を言え！」

「冥土の土産に聞かせてやろう、わしの名は砥部矢五郎じゃ」

「聞いた名じゃな、一向宗徒であろう、わが殿は一向宗徒に恨まれる大名ではないぞ」

「黙れ！　家康は我らにとって消さねばならぬ男よ、秀吉、利家同様にな、これ以上問答は無用！鬼丸、こやつを斬れい」

命令された背の低い方の僧形は、衣の下に隠した太刀を抜き放って源三に飛び掛った。その瞬間、源三の姿が消えた。僧形が慌てて周囲を見回した時、頭の上から飛鳥のように源三が飛び掛り、僧形の首筋から右脇腹に深々と太刀を突き通した。

全く勝負にならない鮮やかなむささびの術に若い僧形は斃れた。

「おのれ！　こしゃくな！」

砥部矢五郎はいきなり網代傘をかなぐり捨て、異様に長い太刀を正眼に構えた。ただの隠密と思って油断したかも知れない。樹の中に姿を消して一瞬の間に頭上から襲った太刀筋は源三独特の技であった。

矢五郎は皺だらけの赤ら顔で、鼻が異様に大きく唇は分厚く紫色に光っている。年は五十歳半ばに見える。この男が樋口勘兵衛の命を奪った奴なら、小源太にとっては憎むべき敵である。小源太は気配を消して草むらに潜んだ。

源三と矢五郎の戦いは、十合を越えても決着が付かない互角の死闘になったが、源三は次第に疲れを見せ始めた。逆に大男の矢五郎はその剣裁きに衰えを見せない。源三にとってむささびの術だけが最後の武器となった。

激闘十三合に及んだ瞬間、源三が木の枝に向かって飛んだ。矢五郎の左手が素早く分厚い唇に伸びた。

「源三殿！　吹き針に注意！」

小源太が思わず大声で叫んだが、その声に構わず矢五郎は吹き針を飛ばした。

枝を掴もうとする源三の目を狙って光の帯が襲い掛かった。もし、小源太の警告が無かったら、源三は目を打ち抜かれて頭から落下したかも知れない。それでも、右腕で顔面をかばったために、吹き針は避けたが枝を掴み損ねて落ちた。

一回転し、辛ろうじて片膝を付いた源三は、疲れ果て殆ど無防備になった。

矢五郎は素早く間合いに入り、必殺の一撃を送り込もうとした。

「しまった！」

源三は死を覚悟して目を閉じた。その瞬間——、

「ご加勢！」

鋭く叫びながら、小源太が矢五郎の顔に向かって石つぶてを放った。それは矢より速く矢五郎の鼻を叩き潰した。投擲の秘術である。

思いもかけない負傷に狼狽した矢五郎の胸に、源三の太刀が深々と突き刺さった。堺の今井宗薫屋敷に於いて、徳川家康襲撃の計画を離していた怪僧こそ、砥部矢五郎であり、樋口勘兵衛を斬り殺したのもこの男であった。


「二度までも命を助けて貰うた。こやつは怖ろしい剣の手練者じゃ。それにしても、お主はまこと陶工か？」

荒い息を吐きながら源三が訊いた。

「美濃の国、土岐から来た陶工に相違ござらぬ。武術は己の身を守るためほんの少し修行しました」

「左様か、貴殿が来合わさなければ、わしは確実に斬られておった。何の関わりもござらぬのにようも加勢して下された」

「いや、私もこやつを探しておりました。私の知り人がこやつに斬られて落命致しました」

「なんと！　そうであったか。こやつがわしや主君を狙うのは全く腑に落ちぬ。助けて貰うたまま、貴殿に主君やわしのことを告げずには済むまい。どうじゃ、わしの住まいまで来られぬか？直ぐそこじゃ。色々話したいこともある」

「武士の争いは好きませぬが、私も源三殿に話したいことがあります。喜んでお供します」

その時、稲光とともに雷鳴が轟き、大粒の雨滴が落ちて来た。

「わしの住まいは深草村じゃ、急ごうぞ」

二人は全速で駆けた。源三も速いが小源太も速い。多少は雨に打たれたが大降りになる前に深草村の「わらじや」という小さな茶店に着いた。裏にかなり大きな建物があり、その二階に案内された。

「お主に隠すこともあるまい、ここは徳川の隠し砦じゃ」

山並源三はあっけらかんと説明した。

すぐ近くに法住寺の甍が見える。裏庭から馬の動く気配が伝わってくる。

「清水の森で初めて出会うた折は只者ではないと思うたが、やはりお主は手練者じゃ。実はな、すでに承知と思うが、信楽で助けて貰うた一行は徳川家康様と家臣たちじゃ。それがしも家臣の一人じゃ」

「家康様とは推量しておりました」

「お主には関わりのないことじゃが、我が殿は堺で何者かに命を狙われ、本能寺におられた織田信長殿が、明智光秀によって幽閉されるという情報を掴んだ。殿はなんとかして信長殿に知らせようとしたが、今井宗薫邸に展開した奴らに厳重に見張られ、知らせることが出来なかった」

山並源三は堺脱出の経緯をかいつまんで話した。これで、家康一行が百余名の多勢となって六月二日早朝信楽に現れた謎が解けた。

話の途中で、瓜実顔のやや勝気そうな若い女人が、火であぶった干し魚と冷酒を手に二階へ上がって来た。

「これは私の配下、ましらの藤次の妻女りえじゃ。藤次は出かけているが折を見て引き合わせよう」

「りえと申します。どうぞゆっくりとしておくれやす」

はんなりとした京言葉だった。色白でふっくらと太った小柄な妻女は、どこか母の芳乃に似ている。つい母を想って胸が熱くなった。

「矢五郎という奴は怖ろしい剣を使う手練者じゃった。しかも、かなり権力と関わりのある大物と見た。こやつの背後に何者が居るのか、それが分かれば明智光秀が手違いを起こしたやもしれぬ謎が解けよう。奴は前田利家殿や羽柴秀吉殿も狙うておる」

「私は命のやり取りが好きませぬ。武家社会がいかんのです。しかし、矢五郎は命を粗末にして大勢の人を殺し、最後に己の天命も手折ってしまったと思います。後ろでこやつを操っている奴こそ天の裁きを受けるべきでしょう」

「それはよう分かる。田畑を耕して糧を作り出す百姓、道具や衣を作る人々、陶器を焼く陶工、それらを商うて世間に配る商人らがいて、夫々の道で生き、他も生かすわけじゃ。武士は何も作り出さぬ。世の中が泰平なら要らぬ存在じゃ。矢五郎こそ不要の曲者よ」

源三は干し魚を反っ歯でむしゃむしゃ嚙みながら呟いた。

「――」

「しかしな、乱世が治まってこそ武士は不要になる。わしは家康様を信じて闘うておる。天下泰平を願いながらな」

この奇妙な面相の男に、小源太は不思議な親しみを覚えた。

「ところで、信楽でお主に助けられた後、殿が面白いことを申された」

「どのようなことでしょうか？」

「殿は若かりし頃一時人質として織田家に預けられた。お主がその頃の信長殿によう似ておるやに見えて、驚かれたらしい」

「私が信長に？　それは解せませぬな」

「お主、織田家の血に繋がる者か？」

「とんでもない、私は信長に信楽へ押し込められた咎人です」

小源太は、やむなく土岐での出来事と信楽に送られた経緯を説明した。それを聞いて源三は膝を叩いて言った。

「そうか！　信長殿を犬侍と面罵したのはお主であったか！」

「と、申されますと？」

「実はな、信長殿がそのことを家康様に話されたそうじゃ。わしは、それを殿から聞いて驚いたわさ」

「えっ！　信長がそのようなことを？」

「しかしな、信長殿は一度はその場で突き殺そうとしたが、裁定は後日として怒りを抑えられたそうじゃが、後になってなんとも心地よい気分になった、と話されていたそうじゃ」

「そのようなことを家康様に、――お恥ずかしい限りです。その咎が許されたのは本能寺の変事が起こる僅か十日ほど前のことです」

「さようか――」

直接話し合うのは生まれて初めてというのに、源三は徳川探索方の事情を自分にぶちまけてくれた。こうなると、本能寺の「謎」を解くため自分が体験した事も源三に話すべきではないかと、思い至った。

河合忠邦にだけ話した事をかいつまんで源三に話す決心をした。信長亡き今は、〈謎〉の首謀者を探索して主君の恨みを晴らす以外、河合窯の経営に主力を傾ける覚悟を決めた忠邦にとって、もはや戦いのための探索の動きは不要となった。従って、探索に関わる秘事は無くなった訳である。

「実は、京の紅梅屋も信楽の河合窯も信長直属の探索方の隠し砦でした」

「それは知らなかった、やはり天下布武の旗印の一環であったか」

源三にとっては初めて聞かされる事実だった。

「では、お主も探索方の一人か？」

「とんでもありません、私は信長に閉じ込められた咎人に過ぎません」

この後、小源太は樋口勘兵衛の死と、彼の密書により信長が織田家重臣による幽閉計画を知っていたこと、明智光秀も幽閉の協力者であったことは知らなかったこと、山崎天王山の戦いに敗れた光秀主従と小来栖の藪で戦ったこと、光秀の無念の心中を主従との会話から聞き知ったこと、などを簡単に話した。

「光秀は誰に殺されたのじゃ？」

小源太の話に興奮を抑えきれない表情の源三が訊いた。光秀の遺骸は小来栖の藪で発見され、その首は京の一条戻り橋に曝されたが、野伏せりか地元の百姓に殺されたことになっている。

「私はひどい風邪で、闘っているさ中に気を失うてしまいました。幸い通りかかった探索方に助けられたやに聞いておりますが、光秀殿を襲ってはおりません」

「なるほど、やはり光秀殿は騙されたと見ゆるな」

「そのように悔やんでおられました」

「奴らは堺で我が殿のお命を狙うたが、聞くところでは、備中高松の蛙が鼻で羽柴秀吉殿に襲い掛かった奴らがいたらしい。幸い甲賀衆が厳重に警備していて数名を斬り捨てたということじゃ。奴らの背後に何者がいるのか謎じゃな」

「織田家の重臣たちだけでなく家康殿まで狙われているとすれば、その奴は一体何のために策動しているのでしょう？」

「天下取りではなさそうじゃな」

「永年続いた武家政治を終わらせようとしているのでは？」

「と、すれば、朝廷に関わりのある一党やも知れぬ」

「朝廷が政治の実権を取り戻そうとしているなら、何者か分かりまするか？」

「いや、そのように簡単に考えても分からぬ」

「これ以上考えるのは止めにします。武士の権力争いだけは止めにすべきです」

「お主は心底武家を嫌うておるようじゃな。しかし、誰しも戦のない世の中を望んでおるのは確かじゃと思うな」

「しかし、〈謎〉は解き明かしたいものですね」

「ひょっとすると、砥部矢五郎の消滅はとてつもない大事かもしれん。直ちに家康様に報告せんといかん」

「私のことは伏せておいて下され」

「大手柄かも知れんぞ」

「いいえ、結果がどうあれ私とは関わりありません」

源三は冷酒を喉に落とし込みながら、やや呆れ顔でこの風変わりな陶工を見詰めた。

「源三殿、改めてお訊きしたい事があります」

「ほう、何じゃな？」

「源三殿は若かりし頃、野伏せりをしておられましたか？」

「むっ、——若かった頃はな、——何故そのような事を訊く？」

「その頃、むささびの源三と呼ばれましたか？」

「なんと、これは驚いたぞ、誰に聞いた？」

「酒井与之介殿に聞きました」

「お主、与之介を存じておるのか？」

小源太は、亀山城下での出会いについて説明した。勿論、賢了和尚のことも話した。

「賢了も顔見知りか？」

「賢了殿は京におられます。三条から粟田口に抜ける途中の興蓮寺という寺の住職をしておられます」

「まことか？　目と鼻の先におったのか！　もう三十五年も余も会うておらん。ううむ、不可思議な繋がりよな」

源三は思いもかけない話に驚いた。

「是非とも会いたい！　差し支えなくば今から案内してくれぬか？」

「承知しました。和尚からも頼まれております」

雨はいつの間にか止み、西に傾いた日に照らされて東山に美しい虹が出ていた。

「僧形をして行くことにしよう、この顔は目立ち過ぎるでな。怪しげな奴らに狙われんとも限らん。油断出来ぬわい」

小源太は何となくおかしくて噴き出しそうになった。

この日、山並源三と賢了和尚の出会いは、両者が再会を果たして激しく落涙するほどの感激を伴ったものとなった。源三は、送って来た小源太が辞したあとで、和尚から寺島幸三郎と彼の死闘の模様を聞いて改めて舌を巻いた。

小源太にとって、土岐の一件以来今日まで、自分の身の回りで起こった変事は一日も早く忘れてしまいたい事ばかりであった。「謎」だらけの武家社会は、すべて容認出来なかった。

二日後の夜、服部半蔵から山並源三、佐橋小源太による砥部矢五郎誅殺の報告を受けた徳川家康は、目を輝かせて言った。

「こやつが堺でわしの命を狙うた怪僧であったか！　これで先が見えてきたようじゃ。小源太殿の出自を急ぎ調べさせよ。断じて只者ではあるまい」

（二）

天正十年の秋は日毎に深まり、蝉の鳴き声は消え去って馬追虫や蟋蟀《こおろぎ》が喧しく鳴き競い始めた。

そんな或る日、茂助と小源太が酒を酌み交わしながら雑談していた。

「いっぺん訊こう思うとったんやが、お前が信長様に戴いたのは何や？」

「白磁の香炉じゃよ。俺には似合わんので押入れに放り込んだままよ」

「何ちゅう勿体ないことするんや、ちゃんと飾っとかんかいな。俺に見せてくれよ」

「そうか、ま、信長の遺品だからな。見せてやろう」

小源太は押し入れから例の包みを取り出し、ずっしりと重い香炉を茂助の前に置いた。香炉の上には布袋に包まれた香木らしい物が乗っていた。透き通るような白磁の光沢に茂助はうっとりと見惚れた。

「ええもんやなあ、何でこないな立派な物をお前にくれはったんや？」

「さあ、俺にも分らん。勘兵衛殿の密書を届けた礼に下されたと思う」

小源太は、がっしりと自分の両手を握り締めた信長の手のぬくもりを思い出した。

「ええ物やなあ、ええ形や、袴腰型やな。胴に並んどる小ちゃい凹みが美しいな、それに、三つ脚の先の瘤がえろう変っとる。ええ物やなあ」

茂助は、さすが焼き物には詳しいようである。

「この香木も唐渡りかいな？」

「さあ、さっぱり分らんな」

この香木こそ、織田信長が権力に任せて奈良の正倉院から切り取らせた国宝の蘭奢待《らんじゃたい》らしい。これは日本最古の香木で、天平年間奈良の東大寺に納められ、別名を東大寺とも言われた。正倉院に保管されている母材の大きさは、周囲百十七糎《センチ》、先端部周囲十二糎、長さ百五十三糎、重さ百三十キログラムと伝えられている。

過去の歴史の中で、これを切り取って試香したのは、聖武天皇、足利義満、織田信長、徳川家康、明治天皇の六人だけと言われる。信長はとんでもない代物を小源太に与えたものであるが、目の前にある香木が、日本に一本しかない銘木の一片であることは、二人の若者に分かる筈がない。

「香炉の中は空っぽか？」

茂助が興味を持って訊いた。

「中には木の削り屑が詰まっとる、香炉が割れんようにな」

そう言いながら、小源太は改めて手を奥まで突っ込み、木屑を引っ掻き回した。すると、底に分厚い紙が折り畳まれて入っていた。不審に思って引っ張り出し、それを広げて見た。紙面一杯に文字がびっしりと書いてあった。小源太は一気に読み下し、折り畳んで懐中に押し込んだ。

「何の紙や?」

茂助がいぶかって訊いた。

「香木の焚き方らしいが、唐の文字でわしには隅々まで読めん。香木の事と一緒に忠邦様に訊いて見る」

「そうやな、日本の字も難しいのに唐の字は余計ややこしいやろ」

どうやら、この香炉は二人にとって所謂《いわゆる》「猫に小判」というところかも知れない。


その夜、母屋の奥座敷に河合忠邦と小源太が話し合う姿が見られた。

「この香木は珍しい物でしょうか?」

「今まで、ようも押入れなどに放置しておったな、この香木はな、我国に一つしかない大変な銘木じゃ。信長様が香炉と共にこのような物までその方に下されたとは驚きじゃ。これはな、奈良正倉院にある国宝の(蘭奢待)という香木から切り取らせたものじゃよ。信長様ご自慢の香木でな、何度も聞かされたものよ」

忠邦は改めて香木を手に取り、しげしげと見詰めた。香炉と共に貴重な自慢の香木まで手放した信長は、何かに絶望していたのかも知れない。毛利軍と明智軍、丹羽軍が連合すれば、羽柴秀吉は間違いなく主君幽閉を翻意するに違いないと信長は判断していたが、一つ間違えば自分は幽閉のうえ隠居させられると覚悟していたかも知れない。

「それから、よくよく香炉の底を調べましたところ、このような書付けが入っておりました」

小源太は懐中から分厚い紙を取り出して差し出した。

「何じゃ、これは？」

忠邦は、茶色の和紙一杯に書かれた書付けを丹念に読み下した。その顔は蒼白になった。書付けを持つ両手が微かに震えている。

「そちもこれを読んだのか？」

間の抜けた質問であった。

「読みましたが――ここに書いてある事はまことの事実でしょうか？」

訊かれた忠邦は、一瞬躊躇した。どう答えるべきか迷っているようである。

「全てまことの事じゃ」

そう答えて忠邦は深い溜息をついた。

「そうですか、では、私の出自は偽りになりまするな？」

「そなたを武士嫌いに育て上げるための、直正殿の方便と聞いておる。これを読んでどうするつもりじゃ？」

「別に――その書付けは破り捨てます。私にとって、意味のないものですから」

「待て！　信長様の遺品ではないか、粗末にしてはならん！　わしが預かる」

忠邦は慌てて書付けを懐にねじ込んだ。

「分かりました、しかし、私は土岐の両親の子であり、それ以外の何者でもありません」

「頑固な！　勝手にするがよい。そなたがそれで満足ならよかろう」

「有難うございます」

頭を下げた小源太の両目に何故か涙が滲んでいた。

忠邦は、気を取り直して話題を変えた。

「実はな、徳川家康殿から長文の礼状が届いた。それによれば、そなたは砥部矢五郎抹殺に力を貸したそうじゃな？」

突然の問いに、小源太は戸惑ってしまった。山並源三には自分のことは他言無用にと頼んである。

「そなたは、他言無用にと頼んだそうじゃが、武士は手柄を独り占めにせぬものじゃ、それに、勘兵衛の恨みを晴らしたことになろうが」

「――」

不思議なことに、矢五郎が死んでから織田家重臣や徳川家康を狙う者の動きは止まっている。よほど矢五郎の存在は大きかったと思われる。

「そなたと徳川家はよくよく不思議な縁があるとみゆる。家康殿はな、信長様亡き今、河合窯を挙げて徳川の探索方にならんかと仰せられたが、わしは丁重に辞退申し上げた。これからは作陶に専念せねばならんのでな」

「それは良かった、これからは殺し合いとは無縁になりまするな」

小源太は目を輝かせた。

「その代わり、信長様のお命を縮め、家康殿や織田家の重臣方を狙うた〈謎〉の何者かの探索に限り協力することになった」

「それが最後の探索になりますね」

小源太は、探索だけなら源三に協力するつもりでいる。


次の日の朝方、とんでもない悲報が奥田窯からもたらされた。多治見の親戚に預けられていた咲が、心の臓の発作で急逝したとの事である。孫七郎は半狂乱になっていた。

「咲は小源太に殺されたも同然じゃ！　奴を殺してやる！　でないと、咲は浮ばれん！」

と怒鳴り散らして号泣し、自分も自刃しかねない悲しみようであるそうな。

「たわけが！　咲は生来心の臓が強うないと聞いておる。小源太とは一切関わりは無い！」

忠邦は立腹して吐き捨てたが、小源太は動転した。

「私の責任です。三日三晩も眠らずに看病すれば、誰しも疲れ果てます。咲さんは私が死なせたも同然です」

「馬鹿を申せ！　看病は咲が進んでやったこと、誰も命じてはおらん、ましてそなたは意識を失うていて知る由もなかったのじゃ」

「そのように申されても、今の私は咲どのに戴いた命を永らえていることに間違いはありませぬ。咲どのが生きてある間にお会いして、心からの詫びとお礼を申し上げとうございました」

小源太の目から後悔の涙が溢れ出した。

「そなたと咲は、前世で深い縁に繋がっていたのやも知れぬ。兎に角、三日後には咲の遺骨が信楽に帰って来るそうじゃ。やむを得ず多治見で荼毘に付されると聞いた。孫七郎もその頃にはちと落ち着くじゃろう」

「その折に同行申し上げます」

小源太は咲が哀れでならない。幸から聞いた話では、咲には何の下心も邪心も無かった。衝動的、献身的に看病に専念したのは、咲が生来持つ清らかな女人の優しさに他ならない。


咲の遺骨が帰ってきた日、忠邦、隼人、小百合と共に弔問のため小源太は奥田窯を訪れた。しかし、孫七郎は頑として彼を門内に入れなかった。命を取るとまでは言わなかったが、憎悪の眼差しで睨み付け、「おのれ如き田舎者の来る所ではない！」と怒鳴りつけた。

それを見た忠邦は、遂に堪忍袋の緒が切れて孫七郎を物陰に引っ張り込んだ。

何を告げられたのか分からないが、顔面蒼白になった孫七郎は黙って奥に引っ込んでしまった。

孫七郎の妻あかねは、おろおろして忠邦に取り縋らんばかりで、何とかとりなそうとした。

「兄様、こらえて下されませ！　主人は余りの悲しさに動転しております」

咲とそっくりの美しい母は忠邦の怒りを恐れていた。

「それは分かっておる、じゃがな、言うて良いことと悪いことがある。咲が小源太を看病したのはもう四ヶ月も前のことじゃ。我らが看病を頼んだのではない、咲の優しさと思いやりがそうさせたのじゃ。それを、邪推して多治見に預けたのは誰じゃ？　咲は大人しい女人じゃから、さぞ悲しかったであろうよ」

忠邦が孫七郎に何を告げたのか、小源太には推量出来たが、もうその事には触れられたくなかった。確かに、生まれて初めて心を揺り動かされた咲だったが、せめて生きてあるうちにもう一度顔を合わせて詫びと礼を言いたかった。それは余りにも果かない別れであったからである。

「申し訳ありません、全て私の責任です。死んで詫びよと言われれば、咲殿から戴いた命を捧げます」

小源太は深々とあかねに頭を下げた。

「とんでもございません、どうぞ頭をお上げ下さいませ。咲は天命によって召されたのです。日が経てば主人も分かってくれましょう」

忠邦は、黙って瞑目したまま一言も発せず座を立つた。

次の日、疾風の背に陶器を積んで小源太は紅梅屋に出かけた。陶工としての道を素直に辿ることだけが、今の自分の願いであった。土岐を出て約一年足らず、この間、自分の周囲に起こった様々な出来事は、余りにも不本意なことが多過ぎた。

いつの間にか天下の〈謎〉に巻き込まれていた。もうこのような事を忘れなければならないが、何となく胸につかえているのは、砥部矢五郎に指図した何者かの存在である。そ奴を叩きのめしてこそ始めて全てが納得出来ると考えている。

第八章　終焉

（一）

人の一生は川の流れに浮ぶうたかたに例えられる。〈謎〉の人物の動きがいつの間にか消えて、世は天正から文禄、慶長と十年余の歳月が人々を押し流し、慶長三年の六月となった。羽柴秀吉は、伊達、島津、北条を相次いで屈服させ、天正十六年には天下を統一し、摂政関白太政大臣豊臣秀吉として、武家政治の頂点に上り詰めていた。

この間、秀吉は、検地政策、刀狩り、朝鮮征伐、と様々な施策に自己の権力を思いのままに行使して一応天下人の権力を保つことに成功した。勿論、千利休の切腹や、一粒種の秀頼誕生により邪魔になった関白秀次一属郎党の惨殺など、その人格が疑われるような行為も目立っている。

秀吉は、自分と秀頼を支え、忠誠を旨とする重臣を五大老に任じて豊臣政治の安泰を図った。その面々は、徳川家康、前田利家、上杉景勝、毛利輝元、宇喜多秀家であり、更にその下に石田三成らの五奉行を置いた。まさに、天下人豊臣秀吉は、思う様その栄華を満喫していたのである。京、大坂の周辺には、その栄華の跡が無数に残されている。

しかし、何故か秀吉の妻、おね（北政所）は、秀吉と側室淀の方との距離を広げつつ、諸事を徳川家康に相談するようになっていた。足軽時代から苦楽をともにして来たおねにすれば、天下人として舞い上がってしまった夫に、深い失望の念を抱くようになったと思われるが、その心底には非常に複雑な何かを内蔵していたに違いない。

慶長三年六月、この物語に登場する人々の消息はどのような状態であったろうか?

先ず、佐橋小源太は信楽河合窯と京の紅梅屋を行き来する日々に変わりなく、時には興蓮寺に賢了和尚を訪ねて歓談し、時には山並源三を深草村のわらじ屋に訪ねた。妻は娶らず、四十二歳になる。河合忠邦は慶長元年、八十二歳の長寿を全うして他界した。窯場は小源太と茂助を中心に、河合隼人、吉岡藤十郎ら八人が作陶に専念している。

山並源三と賢了和尚は、共に七十一歳の長寿を保ち元気だが、源三は探索方の指揮をとっても、自らが敵に向かうことは無く、又、そのような戦いも無い。土岐の佐橋直正は七十歳、芳乃も七十歳になり、二人とも元気な毎日を過ごし、一年に何度かは土岐に帰ってくる小源太との出会いを楽しみにしている。

山並源三の配下ましらの藤次は、先年労咳のため三十八歳の若さで他界した。紅梅屋の藤兵衛も去年七十四歳でこの世を去った。歳月人を待たずと言うが、次々と知り人が姿を消すのは淋しいことである。死の床で、この人は滂沱と涙して小源太の手を握り、「若!　さらばでござりまする」と言った。藤兵衛は決して涙もろい人ではない。その涙には深い意味が隠されていたが、それを知る人は極めて少ない。本名は藤原右兵衛義兼と言い、元は織田信長直属の探索方であった。一人娘の幸は、大徳寺東門前の骨董商鐘丘屋の次男を養子に迎え一男二女の母となっている。河合窯の小百合は、瀬戸の親戚に嫁いで三男をもうけた。

慶長三年七月初め、胃の腑に激烈な痛みを覚えた秀吉は伏見城で倒れた。驚いた家臣が薬師を呼んだが、診立ては胃の腑に出来た腫れ物で、余命三ヶ月という厳しいものであった。勿論、秀吉には単なる暑気当りと告げられ、鎮痛剤が処方された。

秀吉は大変な不安に陥り、伏見城での政務を徳川家康に、大坂城での秀頼後見を前田利家に依頼した。そして、七月十日、五大老を急遽枕頭に呼び集め、我が子秀頼の今後についてくどくどと頼み事を懇願し、次いで五奉行に同様の誓詞までしたためさせた。

秀吉の病気は大坂城の淀の方と秀頼に急報されたが、「病はうつる」と怖れ、何かと言を左右にして見舞いに来ようとしなかった。駆けつけた北の政所は「まるで他人じゃ！」と吐き捨てた。そんな時、北の政所はとんでもないことを家康に相談した。

秀頼は秀吉の子とは思えないと言うのである。孫の茶々を秀頼に嫁がせている家康にしてみれば、容易ならぬ推量と言うべきで、その根拠を訊き質した。勿論単なる推量ではなく、北の政所は鋭い考察力を以って断定的に説明した。

即ち、秀吉は四十数名の女人に手をつけながら、彼女らに一人の子も産ませていない。つまり、彼には子胤が無いと言うのである。しかも、身長五尺そこそこの秀吉に比べ、秀頼は六尺近い偉丈夫であるのもその証拠ではないかと説明した。

「それは考え過ぎではありませぬか？　兎に角、淀の方様の身辺を調べてみましょう」と答えるほか家康には考えがまとまらなかった。

そしてもう一つ、北の政所が懐中から取り出した一通の古い書簡は、家康に只ならぬ緊張を与えた。

「これをようくご覧あれ、安国寺恵瓊殿から殿下に届けられた手紙じゃ。あれは天正十年七月初め頃じゃった、備中から送り届けられた荷物の中に紛れ込んでおりました」

おそらく、明智光秀討伐後、備中の前線から返送されて来た武具類の中に、秀吉の備品があり、その中に残されていた物であろう。書簡の日付は天正十年五月二十二日とある。

「これは！　――」

その書簡を見終わった家康の目に驚愕の色が広がった。

「安国寺恵瓊殿から殿下に宛てた報告書のようですな」

安国寺恵瓊は、秀吉に重用され、土佐六万石に封じられている。僧侶というより武将である。かの砥部矢五郎が安国寺の従弟であることは、山並源三の報告により家康は承知している。安国寺の後ろには、一向宗徒もしくは朝廷のどちらかが居て、いずれは秀吉も命を狙われるのではないかと考えて来た。

事実、毛利攻めの折高松城近くの蛙が鼻で、秀吉を襲った曲者の話を家康は聞いている。

「十年以上も昔のことです。政所様、お気になさることもありませぬ」

家康は一応おねを宥めにかかろうとした。

「それは違います、秀吉は天下を取るために明智殿を利用して信長様を殺め、家康様のお命も取ろうとしました。しかも、安国寺に命じて砥部矢五郎とやらの一党にそのことをやらせたのは許せません。私はこの十余年間、その悪事の打ち合わせを裏付けるこの書簡のことを忘れようとし、何度も破り捨てようかと思いましたが、叶いませんでした」

北の政所は、沸き溢れる涙を拭おうともせず一気に胸の苦しみを吐き出した。

〈謎〉の人物について、これまで家康は、秀吉ではないかと考えてみたこともあったが、何の証拠もなく推量するのは下司の勘繰りと、自分に言い聞かせて来た。

「政所様、他に殿下の命令書のような書簡はありませぬか？」

「書簡はこれだけです」

「ならば、これを以て天下取りは太閤殿下の策略と決め付けることは出来ませぬ」

「では、本人にこの書簡をみせ、問い詰めれば？」

「今更、それは非礼でしょう、殿下が与り知らぬ、と仰せられればそれまでです。済んだことを蒸し返すのは控えましょうぞ。お互い忘れましょう」

そう言うなり、家康は古びた書簡を破り捨てた。

「家康様、その代わり豊臣家はこれまでにして、いずれ貴殿の手でご処置下され」

「殿下亡き後のことは改めてご相談申し上げますれば、今は何卒このことをお忘れ下さい」

悩み続けて老いの目をしばたかせるおねに、家康は優しい労わりの言葉をかけた。

(二)

慶長三年八月二日、京の洛北大徳寺の頭塔、黄梅院の一室に徳川家康、山並源三、佐橋小源太の姿があった。去り難い暑気も、分厚い屋根に押さえ込まれたような方丈造りの建物には沁み込んで来ない。襖に描かれた雲谷等顔の水墨画は、座敷に涼やかさを醸し出している。黄梅院は天正十六年、小早川隆景の造立《ぞうりゅう》による。

「小源太殿、作陶の方はいかがかの?」

家康は七十を越えたが、眼光にはいささかの衰えも無い。

「はい、お陰様にて多忙でござります」

「それは重畳、亡き忠邦殿もさぞご安堵のことでござろう」

「年々の新作は墓前に供えおります」

「それは良いことをなさる。ところで、貴殿はこの書付けを憶えておられるかな？」

家康は、さりげなく懐中から一枚の書付けを取り出した。それは、信長の香炉に入っていた例の書付けだった。

「どうしてこれが？」

家康がこの書付けを所持しているのに驚いた。

「実はな、わしと忠邦殿が最後にお会いした折、貴殿のことと河合窯の行く末をくれぐれもよろしゅう、と託されたのじゃ」

「――？」

かなり古びたその書付けの内容は以下の通りであった。

姓名　　　織田小源太信雅
出生月日　弘治二年六月十日
父　　　　織田上総介信長
母　　　　佐橋千代
養父　　　佐橋直正
養母　　　佐橋芳乃
後見人　　藤原右兵衛義兼

世職　　河合窯陶工

以上出自事無相違候

天正十年四月七日

織田上総介信長

おそらく、信長は近日中に小源太の咎を許すつもりで密かにこの書付けをしたためたと思われる。なんとかして、親子の絆を我が子に伝えたくなったのも虫の知らせであったかも知れない。しかし、その期待も空しく信長は他界してしまった。

佐橋直正が架空の実父を作り出したのは、外腹の子が内紛の元にならぬよう、母子ともに抹殺を計る織田家のしきたりを恐れて、小源太を武家嫌いに育て上げるためだった。身重の千代抹殺の命を受けた藤原右兵衛義兼は、密かに千代を近江の遠縁に匿い、母子の命を救った。

後年、藤原義兼から報告を受けて信長は、佐橋家で育てられている我が子の存在を知った。この藤原義兼こそ後の紅梅屋藤兵衛である。初めて成長した小源太と顔を会わせた時、涙を流したのも当然であった。

小源太は、風貌が最も信長に似ており、信忠、信雄、信孝に比べ、遥かに頑丈な身体と優れた頭脳を持っているのも皮肉なことであった。

「わしは信楽で初めて貴殿に出会うた時、若き日の信長殿の再来かと思うて驚愕した。信長殿のそのような若いお姿を知っている者はごく僅かしかおりませぬでな」

「――」

「貴殿は、この書付けを破り捨てようとされたらしいが、忠邦殿は、自分の出自を偽り続けるのは世人や関わり人を欺くことになるゆえ、貴殿を説得してこの信長殿の遺品を渡して欲しいと申された」

「分かりました。しかし私はあくまでも佐橋小源太として生きて行きます。この書付けは大切に保管します」

「よう申された。これで亡き忠邦殿も、信長殿も安堵なされましょう。ところで、今一つお願い申し上ぐる事がござる。これも是非お聞き入れ願いたい」

家康は、膝を乗り出して一息入れ、茶を啜った。

一瞬の沈黙が流れ、庭先から法師蝉の鳴き声が聞こえて来た。微かな秋が感じられる。

「実は、秀吉に天下盗りの悪事を問い質しても、知らぬ、と言われればそれまで。何とか謀略を認めさせ、詫びを入れさせねば、〈謎〉の解決にはなり申さず、信長殿の無念も晴れますまい。このままでは、罠にはめられた明智殿も哀れじゃ。永年連れそうた挙句、こけにされた北の政所

織田信長
佐橋茶々
佐橋直正
小源太

様の恨みも晴れぬ」

「太閤殿下に白状させ、詫びさせることなど出来ましょうか？」

「手立ては一つだけござる。そこで、貴殿のご協力を是非とも得たい」

家康は小源太郎と源三を更に身近に招き寄せ、ひそひそと話し出した。静かな黄梅院の奥座敷に緊張の気が満ち始めた。話し合いは一刻に及んだ。


慶長三年八月十日深夜、伏見城の一室に豊臣秀吉は枯れ果てようとする命を横たえていた。眼窩は落ち窪み、両頬は骨と皮だけになって、眼光だけが不気味に光り、時折襲ってくる痛みにうめき声を上げるが、意識が途切れがちになり到底眠りは得られない。

痛みを抑える漢方薬だけが、かろうじて命を支え、意識を取り戻させている。部屋の燭台は一つだけ暗黒の世界に耐えているかのごとくゆらめく。

発散する老体の異臭を弱めるため、焚かれた香炉が部屋の四隅に置いてあるが、枕辺に人影は無い。

老体が何か気配を感じ、目を凝らして見ると、目の先五尺足らずの所に人影が浮んだ。それは、鼻下に細い八字髭を蓄えた織田信長だった。その顔は怒りに燃えてこちらを睨みつけている。

「あっ！　と、と、殿！！――」

「猿よ、地獄の苦しみよな！　天下を盗み取った奴の成れの果てよな！」

「殿！　それは無体な！」

「たわけ！　冥府に在るわしには偽りは通らぬわ！　安国寺に命じ、砥部矢五郎一党を使うて本能寺に先回りし、わしの命を奪うたであろう！　信忠まで殺しおった。重臣らの総意により、わしを幽閉すると称して初めからわしと家康殿を謀殺せんとした！」

「――」

「光秀こそ哀れよ、あ奴は主殺しの大罪人として首を曝され、おのれは主の仇を討った家臣として、世人の喝采を浴び、まんまと天下を盗み取った。いまのわしには貴様の悪事は隅々まで見通せるぞ！」

「――」

「それにな、死が近いことを知った貴様は、五大老に秀頼の行く末だけをくどくどと頼み、五奉行にその旨の誓詞まで書かせた。馬鹿者が！　秀頼は貴様の子ではない！　貴様に子胤は無い！　あれは他人の子じゃ！　そんなことが分らんのか！」

「ああ――うう――」

「秀吉！　天下人ならこの国の事を案じて頼み参らせるのが当然であろう！　たわけ！！　誰が秀頼如きを支えようぞ！　豊臣家は貴様でおわりじゃ！　五大老も五奉行も貴様の事をあざ笑うておるぞ」

この時、秀吉はかろうじて懸命に声を出した。

「殿！　お許し下され！　如何すればこの罪は許されましょうや？」
「許されぬ！　貴様は地獄に落ちて豊臣の最後を見届けよ！」
秀吉はここで意識を失った。

信長に扮したのは小源太であり、その後ろに隠れて秀吉を叱り付けたのは山並源三であった。かくて秀吉は、自分の天下盗りを詫びた。家康が考えた最後の手段が功を奏した訳である。

数日後、豊臣秀吉は伏見城に没した。享年六十三歳であった。秀吉の悪事については一切公表されなかった。これは徳川家康の意思による。詫びを引き出すのが目的であり、今更事実を公表するのは北の政所にとって余りにも気の毒と判断したからである。

この日以降、小源太は乱世の争いに関わることは一切無かった。唯、山並源三や賢了和尚との交流は、耐えることなく何時までも続いた。

十月末の初冬、深草のわらじ屋で山並源三と佐橋小源太が酒を酌み交わしながら雑談していた。源三は、ほとんど終日この砦の番人よろしく、若い探索方に剣を教えながら詰めている。七十を越すと体力の減退が甚だしい。それでも、一ヶ月に一回は家康に会う。

「秀吉の言あげをとるためとは言え、貴殿にはとんでもない役を引き受けて貰うたものじゃ。殿はいつもそのことで貴殿に詫びておられる」

「いいや、あれで全てが納得出来ました。信長も冥府で納得しておりましょう」

「そのように言うて貰えば助かる。実はな、あの日まで家康様は〈謎〉の首魁が誰か判じかねておられた。秀吉か、一向宗徒か、朝廷か、いずれも怪しいと考えておられたのじゃ」

「――」

「北の政所様の心情を思うと、なんとも侘びしゅうなる。秀吉が、〝私ではない、私は信長様に隠居して頂きたかっただけです〟と言うて欲しかったと申されておった」

「――」

「それだけに、秀吉が首魁と判じられて、その謀略の巧みさに驚き、改めて激怒されたのじゃ。秀吉自身も何者かに襲われたと噂を流したしたたかさには呆れておられた」

「謀略は戦国武将のとる策略です。町屋の人々は、戦国騒乱の中では虫けら同然です。織田家重臣たちを騙し、虫けらたちに、主の仇を討った天晴れな武将と讃えさせた秀吉もまた謀略の名手でしょう」

「その通りじゃ、しかしな、それで天下を我が物にした大罪は断じて許さぬ、と申されておる」

二人の間に長い沈黙が広がった。お互い、数奇な出会いから戦国騒乱の渦に巻き込まれたが、危難を共にした末の心の絆も又、とてつもなく深いものとなったのである。どこかでふくろうの淋しげな鳴き声がしていた。

その後の歴史は、徳川家康の武人としての処断が物語っている。安国寺恵瓊は関が原の役直後、京の月照院に於いて徳川家康に捕らえられ、六条河原で斬首された。豊臣秀頼は大坂夏の陣で自刃、豊臣家は滅亡した。豊臣家に対する家康の強烈な対処には、憎しみの目を向ける人は多いが、その真意を知る人は少ない。

唯、徳川家康は、九度山に在った名将、真田幸村を惜しんで、何とか自陣に迎えるべく再三再四翻意を促したが、その望みを果たせなかった。

尚、尾張の国、内海の野間村にある安養寺に於いて自刃した織田信長の三男信孝は、次のような辞世の歌を残している。曰く、

むかしより　主を討つ身の野間なれば、むくいを待てや　はしばちくぜん

佐橋小源太が心から願った〈武士のいない時代〉が実現するまで、この後三百年余もかかったのである。

―― 完 ――

あとがき

小学生の頃、講談社の絵本が子供達に大変人気があった。割合豪華な本で、時代を反映した戦記物から昔話に至るまで、一五頁ほどの素晴らしい挿絵と内容だった。

挿絵は、伊藤幾久造、樺島勝一、黒崎義介等の画家が執筆していた。私は、父にねだって次々と買ってもらい、何度も何度も楽しんだ。そして、何時かこんな挿絵を描いてみたいと夢見ていた。

結局、それは単なる夢に終わり、平凡なサラリーマンになってその願望は霧散してしまった。五十歳少し前、名古屋支店に単身赴任した私は、余暇を利用してミステリー小説「天正の謎」を書きあげ、第四回サントリーミステリー大賞に応募した。それが思いもかけず最終選考に残って、東京の帝国ホテルでの公開選考会に招待されたが、期待も空しく大賞は取れなかった。

選考会後の立食パーティで、ゲストとして参席されていた岡本太郎さんに話しかけられたのがきっかけで、バイキング料理を受け皿に取るのを手伝わされる羽目になり、会場のあちこちを引っぱり回された。

岡本さんに、「君とは以前どこで会ったのかな?」と言われて驚いた。「今日お会いするのが初めてです」と言うと、「忘れちゃいかんよ、前に会っとる。とにかく、今夜は私の家に泊まらんか?」

と言われて仰天した。仕事の関係で今夜東京に泊まれませんので、と丁重にお断りした。近くでそのやりとりを聞いていた審査員の一人、開高健さんが小声で「泊まれと言うのは口癖や、適当に聞き流したほうがええ」と教えてくれた。しかし、何故かちょっぴり淋しそうな太郎さんの表情が忘れられない。

もう三十年以上も昔のことである。

最後に、この小説の出版に際し、身に余る素晴らしいお言葉を戴いた瀬戸内寂聴先生に心から御礼申し上げます。

尚、添書を賜りました萬成先生、石神先生、及び出版のためご尽力戴きました渡辺洋一郎様並びに柘植書房新社の上浦英俊様に感謝の意を捧げます。

一九八六年、第四回サントリーミステリー大賞最終選考受賞対象候補作品

参考文献

ブリタニカ百科辞典

郷土の史跡（平野小潜　編集）

取材訪問

安土城址

大徳寺

清水寺

滋賀県　甲賀市信楽町奥田窯

岡山県　高松城址

岐阜県　土岐市　他

『天正の謎』読後の感想

萬成　博（関西学院大学名誉教授）

本能寺の変はこれまで、明智光秀の信長への謀反、単独の天下取りの野望として伝えられてきた。この通説は歴史の理解に推理が加わるようになって、矛盾が明らかになってきた。

『天正の謎』の作者は、一人の武芸練達の若者にして、信楽の陶工の目を通して、事変の真相を究明した。

なぜ信長は、天下統一を前にして、備中高松への出陣を決行したのか。これは秀吉の要請である。朝廷や織田家の重臣のあいだには、信長の短気な気性を恐れて、彼を幽閉して、後継者に長男の信忠をたてる謀議が成立していた。

光秀は重臣達の謀議の代表者として、天正十年六月二日払暁に本能寺を訪ねて、強制的に信長を幽閉する使者となった。一瞬遅かった。信長は本能寺において、秀忠は妙覚寺において刺客に暗殺されていた。堺にいた家康も暗殺の標的となっていたが、服部半蔵の一党の早耳で、間一髪、難を逃れることができた。

罠にはまった光秀は、主殺、天下取りの野望と見做され、山崎の合戦に死した。

信長を暗殺し、家康を抹殺しようとしたのは、土佐の領主安国寺恵瓊である。僧侶にして、武将である。彼はまた、秀吉と毛利輝元の和議を斡旋した当人である。暗殺の実行者は、安国寺配下の武芸者、砥部矢五郎とその一味である。彼らは信長を佛敵とみなし、深い恨みを抱いていた。作者は信長と家康の暗殺の背後には、秀吉がいたことを史実より見抜いている。理にかなった推理である。

作者の文章は明快であり、推理は人を引き込む魅力を持っている。私は原稿を一気に読み終わって、長く心に蟠《わだかま》っていた謎から解放された。

「ただものではない　真のさむらい」

石神　亙《わたる》　精神科医（社会福祉法人大阪府衛生会付属診療所所長）

わたくしが、著者である鶴島昭雄さんを知ったのは、終戦後間もない頃、ある週刊誌が横山泰三氏らを講師にした「マンガ教室」の常連としてでした。そのマンガ教室は「やなせたかし」など、後に有名になった漫画家の登竜門にもなっていたように思います。

その鶴島さんと知り合い、毎年郷土色豊かな、歴史風景や、東海道五十三次など、楽しい漫画カレンダーを贈られるばかりか、鶴島さん渾身の歴史ミステリーの推薦文を書くことになろうとは思いがけないことでした。これも私が、二歳の頃から診て来た、鶴島さんの次男Y君との謎の結びつきのさせる業とも言えるかもしれません。

さて『天正の謎』という作品を貫いているのは、われわれが、本能寺で織田信長が明智光秀に殺害され、その仇を討ったのが豊臣秀吉であったと、当然の様に信じ込まされ、「三日天下」や「敵は本能寺にあり」という諺にまでなった「常識」に「謎」を投じただけでなく、まさに唯者ではない「さむらい」の生きざまなのです。これは、作者の描くマンガにも通じている美意識（日本人的）であろうと思うのです。是非、ご一読をお勧めしたいと思い、推薦いたします。

■著者　鶴島　昭雄（つるしま　あきお）
1930年、兵庫県西宮市生まれ。
1949年、関西学院大学文学部英文学科入学
1951年、同大学法学部法律学科に転部
1953年、卒業、そのご1990年まで貿易商社勤務。
その間、横山隆一漫画教室に投稿。自作漫画数紙に掲載。

天正の謎

2015年5月30日第1刷発行　定価1800円＋税

著　者　　鶴島　昭雄
発　行　　柘植《つげ》書房新社
〒113-0033　東京都文京区本郷1-35-13
TEL 03（3818）9270　FAX 03（3818）9274
http://www.tsugeshobo.com
郵便振替 00160-4-112272
印刷・製本　創栄図書印刷株式会社
挿し絵　　鶴島　昭雄
装　丁　　犬塚　勝

乱丁・落丁はお取り替えいたします。ISBN978-4-8068-0670-7　C0093

鶴島緋沙子著

定価一七〇〇円＋税

トミーの夕陽

読者に限りない癒しを与えてくれる。何の悲しみも不幸にも無縁で生きている人は、今の世にはいない筈だ。その人たちが傷ついた心を癒されることを想像するとき、思わず私の瞼は熱くなってくる。（瀬戸内寂聴）「学校Ⅲ」（山田洋次監督）原作。

ISBN 4-8068-0397-9

鶴島緋沙子著

定価一七〇〇円＋税

私の中の瀬戸内寂聴

私は、毎朝、「瀬戸内寂聴日めくり暦」に書かれている「日々の言葉」を息子と二人で声を出して読んでいる。流されていく日常に、ふと立ち止まらせてくれる手近で貴重な言葉だ。（まえがきより）

ISBN 4-8068-0519-X

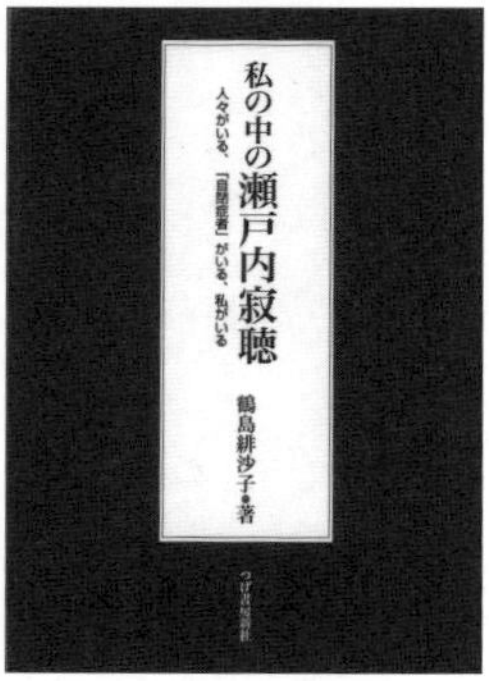

鶴島緋沙子著

定価一五〇〇円＋税

もぐらの目

山田洋次監督の名作、学校シリーズに描かれた小説『トミーの夕陽』を更に深めたいい作品が生まれた。弱者に寄り添う視線こそが、鶴島緋沙子さんの輝くバックボーンである―瀬戸内寂聴。

ISBN 978-4-8068-0616-5

大方陽児著
定価一七〇〇円＋税

五十六個の赤レンガ

昭和二二年秋田県能代市生まれの著者は、最も生徒数が多かった団塊の世代。小学校三年生から卒業までの学校での生活と学校行事の様子を、軽妙な秋田弁で綴った小説。

ISBN 978-4-8068-0669-1

大方陽児著
定価一七〇〇円＋税

能代出船抒情

親元を離れ能代に移り住む青年が、仕事や祭りに誇りを持つ人々との日々を通し成長していく青春小説。叙情豊かに、港町としての能代や役七夕といった歴史や文化が描かれている

ISBN 978-4-8068-0636-3

門野晴子著
定価一七〇〇円＋税

発達障がいと思春期

私はハッとした。日本の母親がどういう状況で障がい児・者を育てているのか詳しく知らなかった。オーティズム・スペクトラムの子どもも危ないが、母親達も崖っぷちなのだ。

ISBN 978-4-8068-0645-5